Nナチュラル0 plus《プラス》
～はじまりと終わりの場所で～

フェアリーテール　原作
清水マリコ　著
かつまれい　画

PARADIGM NOVELS 120

登場人物

桜羽章吾《さくらばしょうご》

童話でデビューしたが、現在は官能小説を書いている。大切な妹を亡くし、最近はスランプぎみ。

柴崎《しばざき》鞠乃《まりの》

呉石荘で猫たちと暮らしている管理人。住み込みで章吾の身の回りの世話をするが、料理は得意ではない。

桃瀬《ももせ》環《たまき》

章吾の担当編集者。章吾の書いた童話のファンだった。猫アレルギーのため、呉石荘に住む猫たちがニガテ。

桜羽《さくらば》吉野《よしの》

章吾のたったひとりの家族で、最愛の妹。幼いころから体が弱く入退院を繰り返していたが、亡くなった。

プロローグ 吉野

第1章 環

目次

プロローグ　あるいはひとつの終わり

日に照らされたアスファルトが、靴を通してさえ熱く感じた。

道の両脇《りょうわき》には畑。緑と土の匂《にお》いに混じって、近くを流れているのだろうか、川の水の匂いがする。

夏の午後。町全体が、昼寝でもしているかのように静かだった。

駅からは、もうずいぶん長く歩いている。バスに乗るという手もあったが、本数が少ないので止めたのだった。章吾《しょうご》は大きめの白いハンカチで、額に浮いた汗をぬぐった。

暑いなあ。向こうに着いたら、冷たい麦茶が飲みたいな。

といっても、とくに用意を頼んではいない。今日、そちらへ行くというほかは、章吾は先方に何も伝えていない。麦茶もどうしても飲みたいわけじゃない。なければ、水道の水でもいい。

ダメだよ。生水を飲んだら、お腹をこわすもの。

ふと、そばに少女の声が聞こえた気がして、章吾は思わず立ち止まった。振り向くが、そこには誰《だれ》の姿もない。

バカだな、私は。

あの子の——吉野《よしの》の声が、こんなところでするはずないのに。

額にもう一度ハンカチをあて、章吾はひとりで自嘲的《じちょうてき》に笑った。

プロローグ　あるいはひとつの終わり

――新しいお部屋？　引っ越しのお金とか、どうしたの？

病室でそれを聞いたとき、喜んでくれるかと思った吉野は、まず、心配そうな顔をした。

「だって、お兄ちゃんの金銭感覚って、あんまりあてにならないんだもん」

正直な吉野に章吾は苦笑するしかない。

「私だって、ちゃんと貯蓄することだって知ってますし、家賃の見極めくらいはできるつもりですよ」

「ホントかなあ？」

「大丈夫です」

横たわる妹の細い髪を、章吾は指でそっとすいた。

「それに、約束だったでしょう？　ふたりで暮らすための、ふたりだけの部屋」

「う、うん。えへへ」

髪を撫《な》でられ、吉野は白い顔で少しはにかんで笑った。

そう、約束。

がんばって、つらい手術を乗り越えたら、ふたりの家に帰ること。家具の配置やインテリアは、みんな、吉野に決めてもらう。まかせて、と吉野はうすい胸をかるく叩《たた》いた。

「手術が終わってから、体もずっと調子がいいの。先生も、この調子なら大丈夫だって言ってるんだよ。退院したらお兄ちゃんと約束したこと、ぜ〜んぶ叶《かな》えてもらうんだからね」

――それなのに……。

どうしてだろう？　その翌日から、吉野の容態は急変した。

目の前で衰弱していく妹の姿に動揺し、怒りに近い不安を感じて、章吾は医師や看護婦に当たり散らした。医師たちもまた、説明のつかない事態に悲痛な表情を浮かべながら、慌ただしく病室を出入りしていた。

いま思えば、彼らもできるかぎりのことはしてくれたのだと思う。二度目の手術も検討されたが、体力的に、吉野には無理だったのだ。

徐々に力のなくなっていくか細い手を、ただ、握り続けることしかできず、章吾は心で同じことばばかり繰り返した。

どうしてだろう？　退院は目の前だったのに。

どうしてだろう？　あれほど元気に笑っていたのに。

どうしてだろう？

プロローグ　あるいはひとつの終わり

どうして……どうして……


そして、約束は果たされずに終わった。

妹と帰るはずだった部屋に、章吾はひとり、ぼんやりと座り込んでいた。

もう、悲しみすらも感じなかった。

心の中の何かが尽き果て、何をする気も起きずに、何かを考えることもなく、ただ、誰もいない部屋というのはやけに広く感じるものだと、不思議な感慨にひたっていた。

たぶん私は、吉野のことを、妹として以上に愛していたのだろう。

他人事《ひとごと》のようにそう思い返すこともしばしばあった。

小さいころから、吉野は体が弱かった。入退院を繰り返し、そのため外で他人と接する機会が少なく、章吾だけが、いつも吉野のそばにいた。

「ごめんね……私、お兄ちゃんの迷惑になっているね」

長い睫《まつげ》の目を伏せて、吉野はときどきすまなそうに言ったが、章吾は、それを負担と思ったことは一度もなかった。それどころか、外で見かけるどんな少女よりも無邪気でかわいらしい妹が、自分ひとりをずっと見つめていることに、密《ひそ》かな誇りさえ感じていた。吉野のために章吾は庭の花を育てて見せ、枕元《まくらもと》で本を読んでやった。一度、読む本がなくなってしまったときに、章吾がふたりを主人公にした物語を即興で話してやると、吉野は目を輝かせて喜んだ。以来、章吾はいくつも吉野のために物語を作った。いま、章吾が物書きという職業についている下地もたぶん、そのころにできあがったのだ。

月日が流れ、ふたりはもう子どもではない年齢になったが、深い絆《きずな》は変わらなかった。

そして、自分が吉野を異性として意識してしまったきっかけを、章吾は、はっきり覚えている。

ある日、眠っているだろうと遠慮して章吾がノックをせずに病室のドアを開けて入ると、吉野はちょうど着替え中だった。

「あっ……ごめん」

章吾はあわててドアを閉めたが、一瞬目にした、妹の痛々しいほど白く細い体と、隠そうとして隠しきれなかった胸の淡い膨らみ、細いながらも女性らしい丸みを帯びた腰の線は、脳裏に焼きついて離れなかった。

「もう。お兄ちゃんのエッチ」

あとで吉野はかるく頰《ほお》を膨らませたが、白い頰には、いつになく赤みがさしていた。決して、章吾を怒ってはいなかった。

それ以来、いけないことだと思いながら、章吾は何度か、想像の中で吉野と身も心もひとつになって結ばれた。章吾の下で、せつない息を吐きながら、肩にしがみつく細い指を

プロローグ　あるいはひとつの終わり

リアルに思い浮かべるだけで、欲望が爆発しそうになった。

妹は、章吾のそんな思いに気づいていたのだろうか？

病室で会話のふととぎれたとき、もの言いたげな目で見つめられたことは何度かあった。

何気なく絡めた指先が、微妙に熱く震えていたこともあったと思う。

もしかしたら。

だが、その先を確かめたところで許されるはずはなく、いまとなっては確かめるすべもうなかった。

あるいはこれは、兄妹《きょうだい》でありながらそれ以上を密かに望んだことに対する、罰なのだろうか？

神を信じるわけでもないが、ついそんなふうに思うこともあった。


ふいに蝉《せみ》の声が聞こえてきて、章吾は現実に引き戻される。

いつの間にか畑の横の道は抜けていて、前方に古い家並みが見えていた。

そうだった。私はいま、編集長の命令で、カンヅメ先のアパートへ行く途中なんだ。

吉野を思い出していると、自分がいまどこで何をしているかさえ忘れるのかと、章吾は自分にまた苦笑した。

バッグから、編集長にもらったファックスを取り出して、行き先をもう一度確かめる。

住所と地図が記された横には、編集長手書きのメッセージ。

『いつまでも部屋に籠《こ》もられてちゃ、こっちにも迷惑がかかるんだから。そうやってて、何が変わるわけでもないでしょ？　いいから出てきて、仕事しなさい』


一方的にそう決められ、大量の原稿依頼とともに、ここで書けというカンヅメの指定までされた。これで相手があの編集長――章吾を最初に作家として見いだし、以後も何かと仕事で世話になっている柴崎彩音《しばざきあやね》でなかったら、章吾はたぶん引き受けなかった。

口は悪いが、彩音ももとは名の売れた書き手であり、音楽のほうでも才能を評価されていたという、感受性の鋭い女性なのだ。いまの章吾がどれだけ深く落ち込んでいるかは、言わなくてもわかっているだろう。だからこそ、彼女は章吾に、余計なことを考える余裕はないものの、摩耗して作品の質が落ちるほど無茶でもない量の仕事を依頼したのだ。

その絶妙なさじ加減が、自分を見透かしているようで、章吾は彩音が苦手だった。恩も義理も深く感じているが、できれば放っておいてほしかった。

カンヅメになるのは、約10日間。

なるべく早めに切り上げて、義理を果たしてしまうことにしよう。

プロローグ　あるいはひとつの終わり

ハンカチでもう一度汗を拭《ぬぐ》って、章吾は少し足を速めた。

地図によれば、目指す場所はこの坂をのぼればすぐだ。

近く取り壊される予定の古いアパート、呉石荘《くれいしそう》。すでに住人は立ち退いたあとで、管理人がひとり残っているだけだという。彩音の手配で、カンヅメの間はだいたいのことは管理人が引き受けてくれるというが……。

ああ、あれかな。

古い木の壁、格子戸の玄関。垣根にからまる蔓《つる》はたぶん朝顔だ。垣根を越えて、庭に咲く背の高いひまわりがこちらを向いて並んでいる。

初めて訪れる建物なのに、たたずまいはひどく懐かしい。

なんとなく、すぐに玄関へ行くのは惜しい気がして、章吾は垣根ごしに庭をのぞいた。

ひまわりのそばには昔ながらの物干し台。縁側で横に干された布団の上で、猫が丸くなって昼寝している。のどかで心なごむ光景だ。一瞬、章吾はいつも自分をとらえている暗い思いを忘れ、ふっと唇をあげてほほえんだ。

すると、すぐそばで元気のいい少女の声がした。

「桜羽《さくらば》章吾先生ですか？」

「え。ああ、はいそうです」

相手の姿が見えないまま、章吾は反射的に返事をした。すると、いままでそこに隠れていたかのように、背の高いひまわりの陰から小柄な少女が現れた。小柄なだけでなくきゃしゃな体で、章吾はすぐに吉野を思い浮かべたが、病弱だった吉野と違い、少女の頬は健康そうな薔薇《ばら》色で、瞳《ひとみ》は夏の日差しを受けてキラキラ輝いていた。章吾がじっと見つめていると、あは、と照れたように笑う口もとに、小さな三角の犬歯が見えた。

「お待ちしてました！　このアパートの管理人の柴崎鞠乃《まりの》です」

柴崎……鞠乃？

この少女が、彩音の言った管理人なのか？

管理人という響きから、年輩の相手を想像していた章吾は、意外な事態に返事のことばが出てこなかった。

「今日から、先生の身の回りのお世話をさせてもらいます。一生懸命がんばりますから、よろしくお願いします！」

鞠乃は元気いっぱいの笑顔のまま、小さな体をふたつに折って、ぺこんと章吾に頭をさげた。鈴のような形の髪飾りが小さく鳴った。

私は、これから10日間、この少女とこのアパートで過ごすのか。

妹と似ているようでまるで似ていない、この鞠乃という少女と、ふたりで……。

章吾はわずかに目を細めた。

太陽を背にしているのは自分なのに、目の前の少女がとてもまぶしく見えたのだ。

第1章　そして夏は誰にもやってくる

「暑い中、本当にお疲れさまでした！」

家に入ると、すぐに冷たい麦茶が出された。

「ありがとう」

章吾は心から礼を言い、ガラスのコップに注がれた麦茶をひと息で飲んだ。鞠乃はすぐに空いたコップに麦茶をつぎ足す。プラスチックのクーラーポットに入っているのは、市販のペットボトル入りの物でなく、煮出して作った麦茶らしい。麦の香りが少し強いが、うまかった。そういえば、来る途中も麦茶を飲みたいと思っていた。

「それで、鞠乃さんはいまはずっとひとりでこのアパートに住んでいるんですか？」

2杯めの麦茶をゆっくりひと口飲んでから、章吾は訊《き》いた。

いいえ、と鞠乃はきっぱりと首を横に振る。

「鞠乃は、ひとりじゃありません。この子たちが、ずっといっしょですから」

「この子たち？」

見ると、いつの間にか鞠乃の周囲には、4匹の猫が集まっていた。それぞれ勝手に鞠乃に体をすりつけながら、にゃう、と小さく鳴いて甘えている。

「はい。えっとですね、この三毛の子が『はる』で、こっちの黒いのが『あき』。白いのが『ふゆ』で、それで、このおっきいのが『なつ』です」

「はる、なつ、あき、ふゆ……ですか」

言われてみると、猫たちは名前のイメージにふさわしい。三毛のはるは猫たちの中でも一番小さく眠そうで、あきは神秘的できれいな黒猫、ふゆは利口そうなすっきりした体つきの猫だ。ただ、なつだけはでかい図体のわりになれなれしい甘えん坊という感じがする。

金色の目でなつが章吾をじろりと見上げた。目が合うと、なんか文句あるか？と言いたげににゃあんと鳴いた。

「あと、とらちゃんもいるんですが……とらちゃんは、いま、赤ちゃんが生まれそうなので、ご挨拶《あいさつ》できないんです。すみません」

「いいですよ」

「とらちゃんも入れて、この子たちが鞠乃の家族です」

改めてよろしくお願いします、と鞠乃はていねいにおじぎをした。章吾も付き合って頭をさげたが、なんだか妙な気分だった。

「じゃあ、彩音さんと鞠乃さんはどういうお知り合いなんですか」

「はい、彩音マ……彩音さんは、鞠乃の、お姉さんなんです」

「えっ⁉」

章吾は驚いて声をあげた。小柄で幼い顔だちの鞠乃と、背が高くクールな美女の彩音に、姉妹のような共通点はまったくない。年も離れているだろう。

「でも、いっしょに暮らしたことはないんです」

章吾の疑問を察したように、鞠乃が小首をかしげて少し笑った。

「そうですか……」

やはり何か、複雑な事情があるのだろうが、それは章吾が詮索《せんさく》することではない。とりあえず、彩音が自分の妹に章吾の身の回りの仕事を頼んだというなら筋は通る。ただ、幼く見えても本当の子どもでもないだろう鞠乃を、男とふたりきりで（猫たちはあえて除外する）ひとつ屋根の下に平気でおくあたり、彩音らしすぎる気もするが。

「先生のことは、彩音……さんから、聞いてます。先生は、小説を書かなくちゃいけないから、できるだけ、しっかりお世話するようにって」

「お世話、ですか」

「はい！　だから、なんでも言ってくださいね？　鞠乃は、彩音さんの役に立ちたいし、このアパートで管理人のお仕事をするのも、先生のお世話が最後なので、がんばります」

元気よく宣言を終えたところで、鞠乃はぱっと立ち上がった。

「それじゃ、お部屋に案内しますね」

障子を開けて廊下へ出ると、猫たちも、のろのろした足どりで、鞠乃にじゃれながら付いてくる。本当に、よく懐いているんだな。章吾が見ると、なつとまた目が合ってしまった。

「このお部屋です」

鞠乃が章吾を案内したのは、日当たりのいい広い部屋だった。壁は漆喰《しっくい》、畳もかなりすり減って古いが、室内はきちんと掃除され、窓際に座卓と座椅子《ざいす》が用意されている。庭の朝顔やひまわりがよく見える窓には、涼しげなガラスの風鈴も下げられていた。

「落ち着けそうな部屋ですね」

「そうですか？　もしも先生に気に入ってもらえなかったら、すぐに他のお部屋をお掃除しようと思ってたんですけど、よかったです！」

鞠乃は本当に嬉《うれ》しそうに明るく笑うと、

「それじゃ、これからどうしますか？　晩ゴハンまでは、まだ時間がありますけど……先生がお腹空《す》いてるのなら、急いで用意します」

小さな両手をくっと握った。何か、章吾のために仕事をしようと、鞠乃なりに意気込んでいるらしかった。

「ありがとう。でも食事はあとでいいですよ。とりあえず、一段落したらすぐに仕事にかかります」

章吾は軽く笑顔を作ってうなずくと、バッグから愛用のノートパソコンを出して机に置いた。立ち上がる画面をじっと見つめる。鞠乃は横で画面を見つめる章吾を見ていた。

「……ホントに、お仕事大変なんですね。それじゃ、先生のおじゃまをしないように、鞠乃は晩ゴハンのお買い物に行きますね」

と言っていったん部屋を出ていったが、すぐにパタパタ引き返してきた。

「あ、あの、何かいっしょに買ってくる物はありませんか？」

「……とくには、ありませんよ」

章吾はすでに座椅子に座り、キーボードを叩き始めていた。鞠乃がこちらを見ているのはわかるが、あえて顔をあげようとはしなかった。

「わかりました。それじゃ、行ってきますね」

音をたてないように障子を閉めて、パタパタ廊下を走っていく。足音に、猫たちのものも混じっていた。

ひとりになって、章吾はふっと息をつく。

鞠乃さんはあんなに張り切ってるのに、私はずいぶん、無愛想じゃないか。

わかっているが、どうしても、いまの章吾は鞠乃に応《こた》える気持ちになれない。鞠乃が悪いわけではない。ただ、本当なら、章吾のために部屋を用意し、章吾の世話をしてくれるのは、吉野のはずではなかったかと、悔やまずにはいられないからだ。

章吾はポケットを探ってタバコを捜した。しんとした部屋にひとりでいると、つい吉野を思い出してしまう。一服で気分を変えようとしたのだが、ポケットにもバッグにもタバコはない。仕事の合間に吸うのは習慣になっていたはずだが。

——ああ。

そうだった。吉野のために、吉野の回復を祈って願をかけてタバコは止めていたんだっけ。いまとなっては、無駄な行為でしかなかったが。

思い出して、章吾はひとり力なく笑う。

――いいことだよ。タバコって、体に良くないもん。お兄ちゃんには、元気で長生きしてほしいから。

タバコのことを話したら、吉野はそう言って笑っていた。けど吉野、私がひとりで長生きしたって、いまさら、なんになるだろう？

章吾はゆっくり立ち上がった。たしか、来る途中の道にタバコ屋が1軒、あったはずだ。

タバコを買ってアパートへ戻ると、鞠乃がパタパタ玄関に出てきた。買い物から帰っていたらしい。

「先生、お出かけしてたんですか？」

「ええ、ちょっと」

章吾は手にしたタバコの箱をあげて見せた。

「ご用があれば鞠乃に言ってくれればいいのに」

「あとから思い出したんですよ。タバコは、願掛けでしばらく止めていたのでね」

鞠乃は大きな目を2度ぱちぱちさせてまばたきした。

「……それなら、タバコは鞠乃が預かります」

ください、とすっと章吾に向けて手を伸ばす。

「どんなことでも、途中で諦《あきら》めちゃうのは、よくないですから。それに、タバコは体に悪いです」

吉野と同じことを言う。そんなことだけで章吾はふいに胸がつまって、鞠乃の目を見ずにタバコをしまった。

「いいんです。願掛けは、無駄になりましたから」

「先生……」

鞠乃は差し出した手をぱたんと下ろした。章吾はそのまま部屋に上がろうとして、玄関に、さっきはなかった女性物の靴があるのに気がついた。

「あ。先生がお出かけしている間に、お仕事の担当をする女の方が見えたんです。お部屋で待ってもらっていますが、よかったですか？」

「かまいませんよ」

章吾は鞠乃に笑顔を向けて、かるく頭に手を置いた。タバコを預けるのを断ったとき、鞠乃にひどく悪いことをした気がしたからだ。ほとんど義務的な気遣いだったが、鞠乃はぱっと頬《ほお》を染めて笑った。

本当に、無邪気な子なんだな。

廊下をパタパタ走る鞠乃を目でそっと追いながら、章吾は自分の部屋の障子を開けた。

「お帰りなさい。失礼しておじゃましています」

中から、細いが落ち着いた声がした。見ると、色白で髪の長い女性が正座して章吾を待っていた。まだ若いが、小さな顔にはやりの小さなメガネがよく似合う、知性的な雰囲気の女性だった。

「初めまして。私、今回先生の担当編集を務めることになりました、桃瀬環《ももせたまき》と申します。若輩者ではありますが、先生のお力になれるように、精一杯がんばりますので、どうかよろしくご指導ください」

正座のまま、ていねいに指をついておじぎをする。はあ、と章吾は戸惑ってしまう。

「急なお話ですみません。じつは、うちの編集部の、江崎日奈美《えざきひなみ》……私の先輩なんですが、ご存じですよね？」

「ええ、一応」

「その日奈美先輩が結婚しまして、新婚旅行に出かけたんです。そのため、人手が足りなくなって……編集長はもう、出かける間もないほど忙しくて」

「ははあ、なるほど」

章吾は座椅子に腰をおろした。いいですか、と環に断ってからタバコをくわえる。

「それじゃ、あなたも大変なんじゃないですか？」

いいえ、と環は長い髪を揺らして首を振った。

「私は、かえって嬉しいくらいです。前から読者として憧《あこが》れていた、桜羽章吾先生の担当になれたんですもの」

「……はあ……」

環は目を輝かせて言うが、章吾は、くわえタバコで曖昧《あいまい》に答えるしかできない。

「憧れと言われれば嬉しいですが、私が書くのは、若い女性が憧れるようなジャンルの小説とは、ちょっと違うと思いますよ」

それは、とうつむく環の頬がほんのり染まった。

「でも、先生のデビュー作は童話でしたでしょう？　『さんぽ』は素敵な作品でした。私、あのころから先生の作品は全部読ませていただいてるんです」

「いまの私が書いてるのは、官能小説なんですが」

章吾はあえてきっぱり言う。環の頬がまた赤くなった。白く長い指が困ったように動いて、豊かな胸のあたりで交差した。

「ええ……でも、その……先生がお書きになる物は、それでも、心に訴えるものがあると思うんです……」

「どうでしょうね」

章吾はまた曖昧に苦笑した。こんなお嬢さんで大丈夫なのかな。まあ、彩音さんのことだから、あえて私に楽させないよう、新人をよこしたのかもしれないが。

「それじゃ、さっそく打ち合わせに入りましょうか」

「はい！」

環はぴんと背筋を伸ばした。

「依頼はたしか、10日間で長めの読み切りを1本と、読み切り連載の短編プロットを最低4、5本ということですね」

「厳しいスケジュールだとは思いますが、お願いします」

章吾の印字したばかりの草稿を、環が受け取ろうと手を伸ばしたところへ、あきとふゆがにゃあんと鳴いて入ってきた。

「ひ……いやああ！」

すると環はお化けでも見たような悲鳴をあげて、草稿を取り落として飛び上がった。

「環さん？」

環の悲鳴に、猫たちもびっくりして走り回る。

「いや、いや、来ないで！」

章吾は目を丸くして半泣きの環を見ていたが、冗談ではなく、環が本気で猫に怯《おび》えているのがわかると、あとでな、と目で合図して、あきとふゆには出ていってもらった。

「すみません……みっともないところを、お見せして」

まだ鼻先をクシュクシュさせながら、環はようやく落ち着いて座った。

「私、猫アレルギーなんです。嫌いなわけではないんですが、どうにも苦手で」

「そうですか」

それでは、この家には来づらいかもしれないな。ここに居候しているのは章吾のほうで、猫たちは鞠乃の家族だから。

だが、そうとは口にしないまま、章吾は散らばった草稿を拾い集めて、環に再び手渡した。

「拝見します……」

環はまだ震えている手でそれを受け取り、あとは黙って読み始めた。章吾は窓の外に目をやって、草稿の内容を思い返した。

＊

幼いころ、私は素直になれなかった。兄さまが誰《だれ》よりも大好きなのに、兄さまを困らせてばかりいた。双子の妹……空《くう》が、兄さまのあとばかり付いて歩いているのを見て、心の中で、嫉妬《しっと》していた。

だから、いま。一度は離ればなれになった兄さまが、血のつながりのない私たちのところへ、ふたたび、戻ってきてくれたいま。

私は、兄さまを離したくない……離れたら、ひとりではもう、生きていけない……だから……だから……。

「あ、ッ」

両膝《りょうひざ》をいきなりグッと抱えられ、千紗都《ちさと》は小さく悲鳴をあげた。千紗都が兄と慕う男、翔馬《しょうま》は、そのまま千紗都の膝を、彼女が座る椅子の肘《ひじ》掛《か》けに乗せてしまう。長いスカートは腿《もも》の上まですぐにめくれた。中の下着が丸見えのまま、千紗都は脚をMの字型に大きく開いて、背中で座る格好になった。

「兄、さま……」

不安な千紗都の呼びかけにも、翔馬は何も答えてくれない。与えられた仕事を黙々とこなしているかのように、椅子に乗せた千紗都の両脚を細縄で縛って固定する。縄は千紗都のきゃしゃな胴や腕にも絡んできた。乳房の下に縄が這《は》い、控えめな胸の膨らみが、ぐっと不自然に持ち上げられる。千紗都は締めつけられて苦しいが、息ができないほどではなかった。翔馬はきっと、知っているのだ。少女を縛って危険でなく、だが最大限にいやらしく見せる縄の締め方を。

「こうして縛ると、千紗都の胸も少しは立派に見えるじゃないか」

翔馬は千紗都の服のボタンに手をかけた。無理に張り出された乳房の上で、ギリギリ止まっていただけのボタンは、指先でかるく押されただけで、ピンと弾《はじ》けて外れてしまう。服の下から乳房を覆うピンクの下着があらわれた。じゃまな布地を取り払うように、翔馬はそれをぐっと押し上げた。

「あ……」

恥じらう声をあげる間もない。下からは縄、上からは下着に押さえつけられて、歪《ゆが》んで飛び出す千紗都の乳房が、翔馬の視線にさらされる。乳房の根もとはやや赤く、中心へ向けて白かった。だが頂点の乳首はすでに濃いピンクに固く勃《ぼっ》起《き》して、やや外向きに反っていた。

「なんだ。千紗都は、縛られてもうこんなに興奮してたのか？」

「ウ」

翔馬の意地悪な指先が、千紗都の乳首をグリグリ押した。千紗都はせつなく首を振る。

「これは、これは、外の空気で、冷えたから……」

刺激で、こうなっているだけなんです。

「嘘《うそ》をつけ。じゃあ、こっちのこれはどうなんだ？」

「ああッ……や！」

素早い手が、千紗都の股《こ》間《かん》へ滑り込んでくる。

「ふん。なんにもしてないのに濡れてるじゃないか。どうなんだ？　こっちにもまた、言い訳するのか？」

「や……やあ……」

千紗都の大きく広げさせられたままの両脚は、無遠慮な男を拒むことができない。いやらしく、下着を食い込ませる指が、柔らかくなった股間を往復した。

「ほら。クチュクチュ音がしてるぞ」

「ん……や……」

ああ、熱い。いけない、はしたないと思いながらも千紗都は腰をモジモジさせて、翔馬の手にみずからそこを預けるように、前へ前へと突き出してしまう。

「なんだ。やっぱり気持ちいいんだな？」

ほんの少しだけ千紗都は首を縦にふる。

「口に出して言わなきゃ、わからないじゃないか」

翔馬の声が不機嫌になった。千紗都は、慌てて、小さな小さな声で言った。

「あ、あの……い……いい、です……」

「この、大股《おおまた》開きした真ん中にある、オシッコの出るところが気持ちいいんだな？」

「……はい……」

いやらしいことを言われると、頬だけでなく、頭まで、恥ずかしさにかあっと熱くなる。

なのに、やはり翔馬にいじられているそこは、恥ずかしいぶんだけまた濡れるのだ。

「よし。千紗都は素直ないい子だから、じかにここを見てあげような」

翔馬はなだめるように言い、かるく千紗都の髪を撫《な》でると、どこかから取り出した鋭いハサミを、千紗都の下着の股間にあてた。

「あっ」

冷たい、金属の感触がしたと思ったら、すぐにジョキッと音がして、下着は上下に切り裂かれた。

「おお、千紗都のあそこが、パックリ割れて開いてるのがよく見える。ヨダレのついた唇みたいに、透明なヌルヌルでいっぱいだ」

翔馬は両手をだらりと下げて、千紗都の座らされた椅子の前に立つ。無表情で、ただ、じっくりと千紗都を観察しているらしい。たまらずに千紗都は目を閉じる。だが目を閉じると、よけいに翔馬の視線を感じる。千紗都の背中がゾクゾクした。私はいま、大好きな兄さまに、ほかの誰にも見せられない、恥ずかしい、いやらしい姿を見てもらっている。

そう考えると、ぴくん、と勝手にあそこが震え、ヒクヒク蜜《みつ》を吐き出してしまう。

「見られるだけで、感じるのか？」

「……兄さまだから」

「本当かな」

「本当です。私は、兄さまだけのものです……あ」

ふいに、翔馬は千紗都を縛りつけた椅子を動かした。きゃしゃな少女を乗せただけの椅子は、男の力で引きずると、簡単に部屋の隅まで動いてしまう。

「兄さま、怖い。何するんですか」

翔馬は部屋の扉を開けた。扉の向こうはすぐに廊下と玄関だ。乳房もあそこも丸見えのまま、縛られて開脚した格好で、千紗都の椅子は、玄関へ向けて置かれてしまった。

「おれはこれから、出かけるから。お前はここで、このままおれの帰りを待つんだ」

「え」

「留守中、もしかすると誰かが家に来るかもしれないな……郵便配達とか、セールスの男が。でも玄関の鍵《かぎ》は開けておくよ。知らない男がドアを開けても、千紗都はこの格好でお出迎えするんだ。千紗都みたいなかわいい子が、かわいいあそこをグチュグチュにして、丸見えにして誘ってるのを見たら、きっと男はすぐその気になる」

「や……いやです……」

千紗都は必死で首を振った。だが、翔馬は優しく笑うばかりだ。

「おれが帰ってくるころには、千紗都のここは、たくさんの男に入れられて、精子でドロドロかもしれないな」

「待ってください……兄さま……待って……」

翔馬は千紗都を振り向きもせず、あっさり玄関から出ていった。

千紗都はひとり残されて、なぜ、とせつなく胸に問いかける。答えはいまの千紗都にはわからない。ただわかるのは、たとえ、これから翔馬が言ったとおりのことがおきても、自分はそれを受け入れるしかないということだ。だって、私は身も心も兄さまのものだから。それが兄さまの望みなら、どんなことでもしてあげたいから……。

＊

ぱさ、と紙の音がしたので、章吾は環を振り返った。

「……内容は、問題ないと思います。編集長も、ＯＫを出すでしょう」

「そうですか。このね、冒頭でヒロインが言う双子の片割れを、この先、登場させる予定なんですよ」

「いいアイデアだと思います」

だが、そう言う環の表情は、ことばとは逆の印象を与える。

「何かあるなら、言ってください。それも担当の仕事ですよね？」

「……これは、あくまで私の個人的な感覚ですが……」

前置きしてから、環は言った。

「こうして辛《つら》い目に遭わされて、ヒロインは幸せなんでしょうか？」

「……それは」

章吾の胸がキリッとした。

「幸せなように、書くつもりですが。この男は、表現は歪んでいますけれど、ヒロインを心から愛していますし」

「それは、本当の愛情なんでしょうか。ヒロインを調教して、束縛して、忠誠を誓わせることが……」

「気に入らないなら、これ破り捨てて書き直しましょうか」

章吾は環の手から草稿を取り上げようとした。物書きにありがちな悪い癖だ。自分で感想を求めながら、批判めいたことを言われると、ついむっとして子どもっぽくなる。

「あ！　いえ！　生意気を言ってすみません。本当に、個人的な感覚なんです。先生のお書きになる妹ものは、読者には、いつも好評ですから」

環は焦って草稿を大事そうに胸に抱えて立ち上がる。

「では、これはいただいて編集長に渡しておきます。次回のプロットも、長編も期待していますので」

章吾の機嫌を損ねることを恐れたらしく、環は逃げるようにさっさと帰っていった。

ひとりになると、すぐに章吾は、パソコンの中に保存してあるデータを呼んで、もう一度草稿を読み返した。

自分を兄と慕う少女を、調教し、独占して、身も心も自分に溺《おぼ》れさせる。

それは、たしかに章吾自身が吉野に密《ひそ》かに抱いていた欲望でもあった。章吾は妹を愛していた。だから、本当の愛情かと言われれば、そうだと答えるしかないはずだ。

しかし……。

座卓に肘をついたまま、章吾はじっとパソコンの画面を見つめ続けた。


「ごめんなさい……」

「え？」

「先生が、不愉快に思うの、当たり前ですね」

「……？」

「鞠乃……一生懸命、がんばったんです。だけど……気がついたら、お魚が、炭になってて……お味噌汁《みそしる》は、色の薄いカレーみたいにどろどろになってて……」

「だから、おかずがこうなってるんですね」

目の前の、山盛りご飯におかかをのっけただけの猫まんまに章吾は苦笑した。今夜のおかずはこれだけのようだ。

「すみません！」

小さな鞠乃は恐縮してますます小さくなった。

「今日は、とらちゃんのことが気になったせいもありますけど、鞠乃、じつはまだ料理は苦手なんです。でも、先生のために、これからは、いっぱいいっぱいがんばりますから」

「いいんですよ。とらちゃんは、鞠乃さんの家族なんでしょう？」

「はい。妹です！」

「妹に赤ちゃんが産まれるなら、心配ですよね」

「はい。でも……」

「私は、猫まんまも好きですから」

いただきます、と章吾は箸《はし》を手にしてご飯の上のおかかをくずした。それに、私がさっき不愉快——というか不機嫌そうに見えたなら、それは鞠乃のせいじゃない。その前に、環に言われたことばがずっと引っかかっているせいだ。

「う」

しかし、このご飯は水気が多すぎる。

「すみません……」

赤い箸を口にくわえたまま、鞠乃はますます小さくなった。

風通しのいい章吾の部屋は、夜になると昼の暑さが嘘のように涼しかった。

鞠乃が用意しておいてくれた陶器の豚にぐるぐる巻きの蚊取り線香を入れて火をつけ、ついでにその線香の火でタバコをつける。灰皿は、残念ながらなかったので、鞠乃に猫缶の空いたのをもらった。線香とタバコですっかり煙い中、章吾はまた、ぼんやりとパソコンの画面を見ていた。

――お仕事しなくていいの、お兄ちゃん。

病人のくせに、吉野は見舞いにくる章吾のほうをよく心配した。

「してるじゃないですか。吉野のそばでも、どこでも原稿が書けるように、こうしてラップトップを買ったんですよ」

「ダメだよ、そんなにお金使っちゃ。パソコンでなくても、小説は書けるよね？」

たしなめるように眉《まゆ》を寄せ、けれど楽しそうに言った吉野。

「やっぱり、小説家なら机に座って、万年筆で書かなくちゃ。そうだ、ねえ、この部屋におっきな机持ち込んだら、看護婦さんに怒られるかな？　それで、パイプをふかしながら書いたら、すっごく、文豪っぽいでしょ？」

「病室内は禁煙です。それに、私はいま、タバコ断ちしている最中なんですよ」

「え？　どうして？」

吉野のために、願掛けをしているからだとは言えなかった。

――いいことだよ。お兄ちゃんには、元気で長生きしてほしいから……。

ああ吉野。お前が生きていてくれたなら、タバコもやめた、原稿も絶対に万年筆で書いたのに。章吾はラップトップの蓋《ふた》を閉じて机に伏した。私の中には、たしかに吉野への欲望もあった。けれど、この気持ちが愛情でないというなら、いったい何が愛情なのか、私にはもうわからない……。

少しの間そのままでいたが、やがて章吾は顔をあげた。

堂々巡りを繰り返しても、仕事は進まないし、疲れるだけだ。

寝ることにして火の始末をして、部屋の隅にあった布団を敷いて横になる。布団は干したばかりらしく、ふわふわで日向《ひなた》の匂《にお》いがした。

目を閉じて、疲れのままに無理やり眠ってしまおうとしたが、やはりなかなか寝つけなかった。目を閉じると、妹の顔ばかりが瞼《まぶた》に浮かんで苦しかった。

――と。

「すみません……先生、もうお休みですか？」

廊下から、消え入りそうな鞠乃の細い声がする。

「起きてますよ。何か用事ですか？」

豆にしていた電気をつけて、章吾は起きあがって障子を開けた。

パジャマ姿の鞠乃が半分泣き顔で立っていた。

「えっと……すみません、今夜だけでいいので、この部屋に、おじゃましてもかまわないでしょうか」

「どうしたんですか？」

「とらちゃんがいて、鞠乃の部屋に入れないんです」

聞くと、とらは鞠乃の部屋で仔猫《こねこ》を産んで、直後で気が立っているという。着替えはどうにか取ることができたが、とらは布団の上にいて、布団を運び出すことができない。部屋は食事をした小さな居間と、ここと鞠乃の部屋以外、ずっと閉めたきりなので使えない。しかも、布団はとらの下にある一組と、章吾の寝ている一組しかない。

章吾は、さすがに天井を仰いだ。

「……しかたありませんね。いっしょに寝ますか？」

「は、はい。あの……ごめんなさい」

「いいですよ。仕方ありませんから」

章吾は鞠乃の肩にかるく手をかけ、部屋に招いた。鞠乃はいま風呂《ふろ》に入っていたらしく、髪からシャンプーの香りがした。章吾の官能がくすぐられる。何考えてる。会ったばかりの、幼く見える少女相手に。

明かりはふたたび豆電球にした。布団は1人用なので、ふたりは肩をくっつけあうように並んだ。あたたかで、柔らかそうな鞠乃の肌が、すぐそばにある。

「なんだか……緊張しちゃいますね……」

ぽそっと鞠乃が声を出すと、触れ合う肩が微妙に震えた。

「鞠乃は、こういうの、初めてですから」

「男の横で、寝るのがですか？」

「……あ、いえ。鞠乃は、ずっとひとりでしたから。なつたち以外の、人といっしょに寝るのって、初めてなんです」

「そうですか……」

明るく見えるが、やはりこの子は複雑な育ちをしているらしい。

「緊張するけど、そばに人の温もりがあるのは落ち着くみたいで、不思議です」

鞠乃は、おずおずと体を横にして、章吾に全身を寄せてきた。

「鞠乃さん……？」

どうしたんですか。この状況で、そういうことをするというのは、どういう意味か、わかってますか？

章吾は鞠乃に目で訊いた。鞠乃は、そっとうなずいた。

「先生が、それを望んでくれるなら」

身の回りの世話をするというのは、つまり、こういう世話も含んでいるのか？　彩音はまさか、そこまで考えて、自分の妹をここへ置いたというのだろうか。

わからない。だが、たしかにいまの章吾には、胸に重くのしかかる何かを一時でも忘れる必要があった。

目を閉じて、鞠乃は静かに横たわっている。頬に唇を寄せてキスしてみた。ぴくんと震える肌は赤ちゃんのようになめらかだ。まだ奥が濡れている髪から、ひときわ甘く、シャンプーの香り。章吾はキスを繰り返しながら、鞠乃のパジャマのボタンを外した。脱がされていく小さな体が震えていた。章吾はふっと手を止めた。承知の上で自分から誘ったようなのに、鞠乃はまるで慣れていない。

「すみません」

章吾の様子に気づいたらしく、鞠乃は首だけでおじぎをする。

「鞠乃……初めてで、いろいろ、わからないことばかりで」

「初めて？　初めてなのに、いいんですか？」

「はい」

そこだけは、鞠乃はきっぱりとうなずいた。章吾は少々気が引けたが、本人がいいというのならいい。仔猫の柄がプリントされた、子どもが着るようなかわいいパジャマを左右に開く。パジャマの下はすぐ裸だ。やはり幼い、膨らみ始めたばかりのような乳房が、キュンとやや外に上を向いていた。

「ごめんなさい」

鞠乃はまたあやまってうつむいた。恥ずかしそうに首を振ると、いまもしている鈴に似た髪飾りが小さく鳴った。

「何がですか？」

「ま、鞠乃、胸、小さくて……彩音ママみたいに、立派なら、よかったのに」

「彩音ママ？」

「あ。いえ、違います間違いです。あの」

鞠乃はますます困ったように体を縮めた。気になるが、離れて見えても親子ほど年が違うとも思えないし、彩音と鞠乃のことはいまはいい。

「私は、鞠乃さんみたいな胸の女の子は、好きですよ」

「……あ！」

「小さい胸でも、ここはとっても敏感でしょう」

「……う、んッ……あ……」

章吾は手のひらにすっぽりと鞠乃の乳房を収め、指先で頂点の乳首に触れる。鞠乃の肌はきめが細かく、本当に誰の手にも触れられたことがなさそうだった。すべすべした中、三角形の乳首だけが細かく皺《しわ》を刻んで、章吾の指先が弾くたび、ピンクの色を濃くしながら、固くなり、浮いて勃起してくる。

「ほら、こうするとどうですか？」

コリコリになるように丸めてやる。

「あ、あ……ヘンな、感じです……あ……」

「背中や、胸の奥がゾクゾクしてくるでしょう」

「はい……」

「そこから、気持ちのいい線がおりていくみたいに」

ひとさし指で、章吾は鞠乃の体の中心をすっとなぞった。鞠乃はひんと小さく啼《な》いて身をすくめる。

「腰骨の上の深いところや、体の中心が、熱くなってきませんか？」

「ん、はい……どうしよう……熱くて、なんだか、涙が……あッ……」

「気持ちが良くて泣けるんですよ」

大きな目のふちにたまる雫《しずく》を、章吾は舌ですくってやった。緊張し、恥じらう鞠乃をなだめるように、全身を重ねてゆっくりと愛撫《あいぶ》してやりながら、鞠乃の下半身を脱がせていく。パジャマのズボンはすぐ膝に落ちた。下着は、柔らかな綿の感触だ。てのひらで、盛りあがりの低い三角地帯を包んでやる。あたたかい。一番奥に触れる中指の先がわずかに湿った。乳首をいじられ、感じたらしい。どうなっているかじかに見たい。腰骨のあたりの布に指をかけ、そのままくるくる巻いて下着をさげる。体つきは細くきゃしゃな鞠乃だが、下腹部は、子どもっぽく少し膨らんで丸かった。驚いたことに、その下も、鞠乃はほとんど子どもだった。ヘアは丘のやや下、申し訳程度にうっすらとあるほかにない。何もしなくても中心がはっきり見えてしまう。痩《や》せぎみの太腿に挟まれて、申し訳なさそうな小さなクレバス。本当に、ここに男のものが入るのか？　章吾はごくりと唾《つば》を飲んだ。かわいそうだと思ういっぽう、きっと吉野も、裸にしたらこうだったのではないかと思うと、どうしようもなく興奮した。

「いいですか」

「あッ」

両膝を掴《つか》むと、そこはあまりにも軽く細くあっさりと、章吾の力に屈して開いた。目の前にある少女の部分は、ヘアピンのように上の部分がやや膨らんだ、きれいな対称形をしている。色もムラのないサーモンピンクで、クリトリスは包皮に覆われたままだ。たぶん、これでは自慰も知らないだろう。それでも、章吾の愛撫に反応して、縦に開いた薄い肉の唇の中央には、透明な蜜がにじんでいる。

「先生……」

掴まれたままの鞠乃の膝がモジモジ揺れた。観察されて、恥ずかしいらしい。

「すいません。鞠乃さんのここがかわいいのでつい、見とれてました」

すぐに気持ち良くなりますからね、と、章吾は鞠乃の髪を撫で、その手で中心を何度も撫でた。ゆっくりと往復してやりながら、クリトリスが勃起してくるのを待つ。経験はなくても、女の子なら誰でもここはいいはずだ。鞠乃も、すぐに反応してそこを固くした。

「どうですか？」

「……う……なんだか、どんどんせつなくなって……勝手に、涙が出てしまいます……」

「もっと、ここをいじってほしくなりませんか？」

「わ、わかりません……でも、されてると、先生を、とっても、好きな気持ちに……っ……なれます」

「ありがとう」

素直な鞠乃に章吾はほほえみ、指で肉襞《ひくひだ》を開いてやる。よく空気にさらして露出させ、敏感になっている部分をクニクニ押した。アッと鞠乃は鋭く悲鳴をあげて、ぴゅ、ぴゅっと続けざまに蜜を吐く。いい反応だ。これなら、入れても大丈夫だろう。

「う、先生」

か細い手が章吾を求めるように伸びてきた。

「もう、かなり気持ち良くなったでしょう？」

「はい、でも……鞠乃だけ、してもらうのではだめです……先生と……先生も」

声に出しては言えないのか、……てください、と唇だけで続ける鞠乃。章吾はうなずき、前をゆるめた。鞠乃の手をとり、すでにじゅうぶん固いそれに触れさせた。

「熱いです」

「ええ。これが、鞠乃さんの体に入るんですよ。大丈夫ですか？」

「平気です。先生に、どんなことでもしてあげたいから」

ふいをつかれてドキッとした。それは、章吾が今日の小説のヒロインに言わせたのとほとんど同じセリフだった。章吾の胸がせつなくなる。鞠乃の体を改めて開かせ、震える入り口にあてがって、章吾はそっと息を吐く。

――――吉野。

「う、あ……ああ、いッ……い……」

「ごめんなさい。少し、ガマンして」

気持ちがどれだけ準備しても、本能的に怖いのだろう。体がこわばり逃げる少女を、章吾は全身で押さえつけ、頭を胸に押しあててやり、髪を撫でながら挿入した。

狭かった。痛いくらいにそこは章吾を締めつけてきた。熱く、みっしりとした中を、章吾は抵抗をかきわけて進む。最後の堤防の部分を感じた。よしの、と胸の中でふたたび呼びながら、章吾は堤防を突き破った。

「あああッ！」

腕の中の体が大きく震える。大丈夫、もうここまでくれば大丈夫です、あとは、もう少しで、終わります。くらくらするほど興奮して、章吾もあやふやなことを口走る。入れてしまうと、痛がる相手に気遣うよりも、すぐに終わらせたほうがお互いに楽だろうという気がしてきた。

「いいですか、動いてもいいですか」

「はい、先生……あ……先生……あ、あッ……」

章吾の下で、章吾のものを入れられて、初体験の痛みに耐えているのは、妹ではなく鞠乃だった。わかっていたが、もう少し夢を見ていたい。か細い体を抱きしめて、章吾は激しく腰を揺すった。あの先が、ヌルヌルした肉に擦られて気持ちいい。熱く、どんどんあれが大きくなる。小さな胸の乳首の先が、上下に揺れて章吾の胸を刺激した。章吾はさらに深いところで終わりを求める。初体験では、相手には快楽はほぼないだろう。望むならそれはこれから教えるから、いまは、久しぶりのセックスを楽しみたい。

「あ、うう、あ、い、い、イッ……あ……ああ……」

鞠乃の声が切れ切れになった。章吾の背中に汗が浮く。ああ、もう出る。この子の中に、私の精子がみんな出て、体の中に入ってしまう。

思ったとたんに章吾ははじけた。

実際は、ギリギリで鞠乃から抜き出して、精子は少女の体に散った。

あと始末のあと、すぐに鞠乃はほとんど気を失うように眠ってしまった。

章吾は窓を開けて外の風を入れ、畳に座って一服した。

月の明かりで、垣根の朝顔の蕾《つぼみ》が膨らんでいるのがよく見えた。明日の朝、あれが咲いているのを見るために早起きしてみるか。

らしくないまじめな考えに、章吾は自分で苦笑した。

仔猫のように体を丸め、小さな寝息をたてる鞠乃を見た。

どんなことでもしてあげたいから、と健気《けなげ》に言う顔を思い出した。

この少女は、初体験だというのに身をまかせるほど、私に尽くそうとしているのだろうか。そして私は、妹への想《おも》いのはけ口に、この子の想いを利用してしまった。

罪の意識が頭をもたげる。けれど、鞠乃を抱いたことにより、章吾はだいぶ落ち着いていた。

せめて明日から、きっちり仕事をすることにしよう。鞠乃に心配をかけないよう、できるだけ、鞠乃との生活を楽しもう。

そう決めて、章吾はもう一度布団に戻り、鞠乃の髪を撫でてやった。

第2章　熱く揺らぐ

う、ん……。

胸に何やら重みを感じて目を覚ました。閉じた瞼《まぶた》に朝日を感じた。もう朝か。昨夜、私は鞠乃さんと……胸にあるのは、鞠乃さんの手か？

ごそごそ胸のあたりをさぐると、いきなりそれが飛び跳ねた。

「んにゃっ⁉」

んにゃ？

ばたたたたた！

「ぐ」

一瞬かるく胸を蹴《け》られて、章吾は眉《まゆ》をしかめて目を開けた。

走っていく三毛とでっかい白猫の姿が見えた。

「はると、なつか」

頭をかいて口に出してつぶやく。少女だと思ったのは猫の重みだったのか。

隣には、鞠乃の姿はない。台所のほうから、炊き立てのご飯の匂《にお》いがする。もう起きて、朝食のしたくをしているのだろう。

章吾も起きて、布団をあげた。窓を開けると、垣根の朝顔の濃いピンクや薄いブルーがきれいだった。ひまわりも朝日に顔を向けていた。いい天気だ。章吾は朝の新鮮な空気をいっぱいに吸った。こんな時間に目を覚ましたのは、吉野がいなくなってから、初めてだった。

「おはようございます！」

居間へ行くと、ぱたぱたと足音がして、すぐに鞠乃が台所から走ってきた。昨日は割烹着《かっぽうぎ》を着ていたが、今日の鞠乃は、メイド服に似た格好をしていた。ブルーグレーの袖《そで》の膨らんだワンピースに胸あてのあるエプロンをして、胸もとに白いリボンをつけている。

「あ。これ、ヘンですか？」

章吾の視線に気づいたらしく、鞠乃ははにかんだようにうつむいた。

「似合ってますよ。それは鞠乃さんの仕事着ですか？」

「はい。彩音マ……彩音さんが、きちんとした服装はけじめだからって、鞠乃に用意してくれたんです」

少し誇らしげな声で言い、鞠乃は胸のリボンに手をやった。

「じゃあ、すぐ朝ご飯にしますから……その前に、ちょっとだけ、とらちゃんの様子を見てきてもいいですか？」

「もちろんです」

なんの気なしに章吾がほほえみかけてみると、鞠乃はぽっと頬《ほお》を染め、では、と章吾から目を逸《そ》らし、廊下をぱたぱた走っていった。走り方が、少しだけぎこちない。昨夜の行為の名残《なごり》だろうか。だが、鞠乃はとくにベタベタしたり逆によそよそしくなることもなく、変わらない様子で振る舞っている。鞠乃のほうがそうするなら、章吾もとくに態度は変えない。

そのまま居間で鞠乃を待った。鞠乃はなかなか戻らなかった。とらを気にしているのだろう。それはいいが、台所から、どうも奇妙な匂いがする。章吾は廊下で鞠乃を呼んだ。

「鞠乃さん……ええと……台所、何か途中じゃありませんか?」

「ああっ!」

悲鳴のような声がして、すぐに鞠乃が走ってきた。猫たちもいっしょについてくる。鞠乃はすばやく章吾の横を駆け抜けて、一直線に台所へ行ったが、すぐに、あああーと絶望的な声がした。

「……すみません……」

そして、朝のおかずは炭あるいは泥状の物体と化し、食事はふたたび猫まんまになる。

「いいですよ。とらちゃんのほうは、どうでしたか?」

「はい、それが……赤ちゃんを産んだばかりで疲れてるみたいで、苦しそうなんです。とらちゃん、あまり体が丈夫じゃないから、鞠乃もつい、心配で目が離せなくて」

「そうですか」

「なので、今日は1日、とらちゃんのそばにいてあげたいんですが、いいですか? もちろん、お食事や何かのご用はちゃんとやります」

「好きなようにしていいですよ。私も今日は、部屋にこもって仕事ですから」

「ありがとうございます」

鞠乃はほっとしたように笑って、ご飯おかわりしますかと訊《き》いた。さすがに3回連続猫まんまはもういらないので、章吾は笑って辞退した。


食事を終えると、さっそく今日の仕事に取りかかる。

長編をコツコツ書く合間に、次回の読み切り連載ぶんのプロットも練る。昨日は環に言われたことで、ずいぶん煮詰まった気分だったが、鞠乃のおかげで、かなり気持ちは回復した。ノートパソコンを立ち上げ、キーを叩く。

と。

ばたたたたた！

ばたたたたたたた！

いきなりあきとふゆとが追いかけっこで、章吾の部屋を駆け抜けていった。

……まあいい。猫は猫として、仕事をしよう。

章吾はふたたびキーを叩いた。すると、にゃううとなれなれしい声がして、いつの間にか、なつが座卓のそばにいた。

「お前か」

章吾は眉をしかめたが、なつは気にもしない様子で勝手に章吾の膝《ひざ》にのぼってきた。

「おい。重いぞ。やりにくいからどいてくれ」

にゃうー。

なつはあくびをして寝始めた。昨日と今日ではずいぶん猫たちの態度が違う。やはり昨日は初対面で、章吾を警戒していたのか。あるいは、昨夜とらが仔猫《こねこ》を産んだので、なつたちもはしゃいで人なつこいのか。

しかし、午後にはたぶん環が来る。章吾は根性で仕事をした。集中するよう努力をすると、猫たちにもそれが伝わるのか、気がつくと部屋には章吾だけになった。

そのまま、どれくらい画面に向かっただろう。目の疲れと空腹を感じてようやく背筋を伸ばして時計を見ると、すでに、正午を回っていた。

章吾はそっと居間へ行く。すると、居間から続く日当たりのいい縁側に、猫たちといる鞠乃の後ろ姿が見えた。

「……つよそうな感じがいいと思うんです」

真剣に猫たちに話しかけているが、猫たちは、どうでもよさそうな顔で毛づくろいなどしている。

「え？　ダメですか？　かわいいほうがいいですか？」

んんにゃあああ、ふうーとなつがあくびをした。

「なつぅ……お昼寝の時間じゃないんですよ？　赤ちゃんの名前を考えるんですから」

鞠乃は妹をたしなめるような口調で言うが、なつはつまらなそうに低く鳴くだけ。

「とらちゃん、眠れたかな。ちょっと様子を見てみましょうか」

盛り上がらない会話（？）に見切りをつけたのか、鞠乃はそっとドアを開け、隙間《すきま》から部屋の中をのぞいた。

「どうでしょう……ちゃんと眠ってるでしょうか」

章吾がここにいるのも気づかないほど、鞠乃はとらを心配しているらしい。それなら、とあえてことばをかけるのをやめ、かわりに章吾は足音を忍ばせて台所へ行った。

台所には、朝の失敗の名残がまだある。それを適当に隅へやり、章吾は冷蔵庫を開けた。

「あっ……先生！」

それから15分くらいして、独特のかるく速い足音とともに、鞠乃が台所へ駆け込んでくる。

「すみません！　お昼の時間でしたね！　あの……えっと……」

「すぐできますよ」

「……先生が、お料理してるんです……か？」

「冷蔵庫の中身を拝借しました。すみません」

言いながら、章吾はフライパンを揺する。

すごい、と感動の声をあげながらも、鞠乃はごめんなさいと恐縮した。

「先生のお世話は、鞠乃が、ちゃんと……」

「いいんですよ。簡単なものですし、気分転換にもなります」

それに、昨夜お世話してもらったことに比べたら、というジョークは鞠乃を困らせるだけだろうから言わずにおく。さあ、できた。

「どうしますか？　とらのことが心配なら、運びますけど……それとも、いっしょに食べますか？」

「鞠乃のぶんまで作ってくれていたんですか⁉」

「自分で作ってひとりだけで食べても味気ないですから」

「ありがとうございます！　いっしょに食べます！　あの、なつたちも呼んできていいですか？」

章吾がかまいませんよとうなずくと、鞠乃はふたたび高速で台所を出て、すぐ戻ってきた。なつたちは、鞠乃が用意した猫まんまとキャットフードの混ぜご飯で昼食。

「いただきます！」

料理は本当に簡単な肉野菜いためと味噌汁《みそしる》に冷や奴《ひやっこ》だったが、鞠乃はいちいち大感動した様子でていねいにそれを口に運んだ。

「すごい、すごくおいしいです！　小説も書けて、お料理もこんなに上手にできて、先生は本当にすごい人です！」

そんな鞠乃につられたらしく、章吾もずいぶんたくさん食べた。そういえば、呉石荘に来る前は、ロクに食事もしていなかった。

「ごちそうさまでした。あ、片づけは鞠乃にさせてください。先生は午後もお仕事ですよね？　鞠乃はまたとらちゃんのそばにいますけど、ご用があったら、すぐ呼んでください」

「わかりました」

鞠乃はてきぱき動いてちゃぶ台の皿をまとめている。章吾も午後の仕事のために立ち上がった。

「そうそう。赤ちゃん猫の名前、決まったら教えてくださいね」

去りぎわに鞠乃に言ってみた。鞠乃は少し驚いた顔をして、すぐに、はい！と元気よくうなずいた。


「き、今日は……ずいぶん、猫が、元気ですね……」

廊下でばたばたと足音がするたび、環は落ち着かない様子で膝を浮かせる。

「仔猫が産まれましたから。ほかの猫たちもつられて興奮してるのでしょう」

「外へ、やってもらっては、ダメでしょうか」

「どうでしょう。私の猫ではありませんから」

環にとっては苦手なアレルギーの対象でも、鞠乃にとっては家族なのだ。とらをあんなに心配したり、仔猫の名前を真剣に相談しているところを見てしまったら、とても追い出せなどと言えない。

「それより、今日の原稿を見てもらえませんか。読み切りのプロットのふたつめです」

「あ、はい。読ませていただきます」

環は背筋を伸ばして座り直した。最初のうちは、ときおり廊下の物音に振り返ったりもしていたが、すぐにじっと動かなくなった。草稿に集中しているらしい。真剣な顔でうつむくと、環の鼻が細くきれいな形をしているのがよくわかった。この感じを長編のほうで取り入れてみようと章吾は思った。

＊

「あ……や……」

「どうした穂鳥《ほとり》。イヤなのか？」

イヤじゃない。こうして、先生の匂いに包まれて、先生の胸に抱かれていると、あたたかい幸せな気持ちで体中がいっぱいになって、もっと、先生を感じたくなる。

その気持ちには嘘《うそ》はないのに、穂鳥の体は、勝手に動いて、春彦《はるひこ》の下から逃げようとする。過去、男性に傷つけられた辛《つら》い記憶が、いまも体に染みているのだろうか。

「辛いなら、また今度にするよ」

機会はいくらでもあるからな、と、春彦がいたずらっぽく笑いかけた。ううん、と穂鳥は首を振る。求めている証拠を見せようと、みずから、服のボタンを外した。いつもしているペンダントが揺れる。学生のころ、教師と生徒として春彦と知り合ったあのころから、ずっと愛用しているアクセサリー。

「いつ見ても、穂鳥の体はきれいだな」

あらわになった穂鳥の胸もとに、春彦がつっと唇を寄せた。下着の背中のホックを外し、すぐに乳房にも手を伸ばしてくる。

「また、少し大きくなったんじゃないか?」

「や……そんなこと……」

恥ずかしさに穂鳥の頬が熱くなる。でも、春彦の言うとおりかもしれない。こうして、春彦の両手に乳房を預けるように胸を突き出して、何度もグイグイ揉《も》まれていると、胸全体が熱く感じて、乳房が張りを増して膨らむ気がする。丸く膨らんだ乳房の上で、快楽の放出先を求めるように、乳首がピンと固くなって上を向いていた。早く、先生にこれを吸ってほしい。胸の谷間に先生の顔を埋めてほしい。私の乳房で、先生を閉じこめてしまいたい。

激しい思いを抱きながらも、穂鳥はそれを口にできない。ただ、春彦の唇をじっと待ち、目を閉じて、シーツをつかむしかできないのだ。

「うん。たしかに、大きく、いやらしくなってるよ」

春彦は、そんな穂鳥の思いに応《こた》えているかのように、前髪を穂鳥の乳房にすりつけ、チュウチュウと音をたてて乳首を吸った。

「ン……ッ……」

思わず甘い声が漏れる。恥ずかしいけれど、やっぱり嬉《うれ》しい。先生、私の大きな胸、好き？　私はずっと、先生は、小さな胸の女の子が好きだとばかり思っていた。だって、あのころ、先生は……。

「あうッ」

乳首にかるく歯をたてられ、穂鳥の想《おも》いは消されてしまた。噛《か》まれたところがジンジンしびれて、熱く、どんどん固くなる。同じだけ、下腹部も熱くなり、何もされていないのにしぜんに血液が集まって、あの部分からトロリとあたたかい蜜《みつ》がおりてくるのも感じていた。しぜんに膝が開いてくる。

「先生」

お願い、ここも開いていじって。私のこと、いやらしい女の子だと嫌わないで。

「どうした穂鳥。なんで泣いてる？」

「……なんでも、ない」

やはり、穂鳥は口にできない。春彦を、春彦さんと呼びたいのに、それさえも、まだできずにいる。

不安を隠し、意地を張って春彦から顔を逸らそうとした。けれど春彦にすぐ捕まってしまう。長いキス。同時に、あの部分に触れてくる春彦の指。そこは下着ごしにもすでにしっとりと柔らかく、春彦の指を挟んで包むように受け入れた。

「もう、こっちもほしくなってるな」

「うん……あ……」

春彦はあっさり穂鳥の下着を脱がせてしまう。気がつけば、穂鳥は首のアクセサリー以外、何ひとつ身につけない姿だった。春彦は穂鳥の膝を抱えて、乳房につくくらいに持ちあげて、容赦なくぱっくり広げてくれた。

「すごいな、穂鳥。こんなに濡れて」

出来のいい絵をほめるのと同じような言い方で春彦がつぶやく。

「もう、すぐに入れても大丈夫かな」

「……うん」

入れてほしい。先生と、少しでも早くひとつになりたい。そのときは、私の中の不安も消えるから。穂鳥はまだ溢《あふ》れそうな涙をそっと自分の指ですくった。

「ッ、あッ……ああ……」

少しずつ、春彦のものの侵入を受け入れながら、穂鳥はそのたび息をついた。あの先端が、穂鳥の内部をかきまわすようにグリグリと中に入ってくる。全身がせつなく絞られるような、思い切り泣いたときに似ている不思議な快感。しぜんに、そこがもっと深くと春彦を誘って締めつける。

「いいよ、穂鳥」

「ん……うん……」

全部入った。春彦が、穂鳥の上で動き出した。リズムのついた快感が、穂鳥をすぐに追いあげる。あそこがじんとしびれてくる。穂鳥はうっと背中を反らした。すると、春彦が穂鳥の固くなったクリトリスをほぐすように指で押してくれた。穂鳥のあそこがさらに締まった。ク、アッと声がかすれた息になる。あとはそのまま、動いてくれれば、快楽は、すぐに達して消えてしまうだろう。涙が勝手に流れてきた。穂鳥は春彦の背中を抱いた。

「せ……っ、あ、ああ……」

先生。本当に、私で良かったの？　本当は、先生は私の親友だった、あの子が好きだったのじゃなかったの？　明るく元気なあの子は、胸の小さいところまで、私とまったく違っていた。私はいつか、あの子以上に、先生の大事な人になれるのかな……。

＊

「なんだか、せつないお話ですね」

草稿から目をあげないまま、環はほっとため息をついた。

「前回の話が調教ものでしたから、趣向を変えてみようかと思いまして」

「そうですか……」

細い指が、印字した1枚めの端を何度かめくる。

「何か、またお気に召さないところがありますか？」

「そ、そんなふうにおっしゃらないでください。先生のお話は、相変わらず素敵だと思います」

そう言いながら、環がプロットに完璧《かんぺき》に満足していないらしいのは、態度でわかる。章吾もため息をついてタバコをくわえた。

「また、個人的感覚で……というわけですか」

「すみません」

「今度は何が良くないんです。男はヒロインに優しくしてるじゃないですか」

「良くない、というのではないんです。ただ、そうやって優しくされるから、ヒロインは、よけい不安になるような気がするんです。身代わりだから、本当に愛されているのとは違うから、気をつかわれているように思えて」

章吾はぐっと押し黙った。今回もまた、原稿でなく自分自身のことを——吉野を想いながら鞠乃を抱いてしまったことを、責められているように思えたからだ。

「身代わりでも、いいじゃないですか。男も、ヒロインも承知の上で求めてるなら」

後ろめたさが、章吾の声をつい高めてしまう。

「それでは、誰《だれ》も幸せになれないです」

それに対して、口調だけは控えめにしているが、環の表情はかたくなだった。章吾はまだ長く残るタバコを猫缶の灰皿に押しつけて潰した。気まずい沈黙。廊下で猫が鳴く声がした。環はまたびくっとして振り返り、困りきった顔で何かきっかけを捜すようにバッグをさぐり、あっと小さく声をあげた。

「そうだ、忘れてました。編集長から、差し入れを預かってきたんです」

「差し入れ？」

「はい。なんでしょう？　後学のために、私も見ておくようにと言われたんですが」

環は章吾に包みを手渡し、開けている中を覗《のぞ》き込んだ。スーパーでくれる紙袋のような包みをガサガサ開くと、中からコロリと出てきたのは——。

た。

「ひいっ！」

環はかすれた悲鳴をあげて、飛び上がるように後ずさった。章吾は無表情でそれを拾った。

「これが差し入れ……なんのつもりでしょうね、彩音さんは」

「あ、あの、それ、それ……」

「実物を見るのは初めてですか？　大人のオモチャ……バイブレーターですよ」

ほら、と章吾はスイッチを入れて、バイブの先をうねらせた。

「やめて……わざわざ、スイッチを入れないでください！」

環は顔を真っ赤にして、大げさに手を振って逃げようとする。

この反応では、彩音が言うのもわかる気がした。

「後学のために見ておけと言われたんでしょう？」

「そんな、だって、そんなもの……！　わざわざ見る必要なんてないです」

「そうですか？　私の小説でも、よく小道具にしてるじゃないですか」

「それは、想像で、フィクションですから！　何も、現実に同じものを持ち込まなくても、いいじゃないですか」

心臓の動悸《どうき》をおさえるように、豊かな胸に手をあてて、環は切れ切れに訴えた。

「そうですか？　あなたは、私の小説のヒロインが幸せでないことを、フィクションだと割り切れずにいるくせに、こういう物は、フィクションでじゅうぶんだと言うんですね。ずいぶん勝手な価値観の押しつけじゃないですか。これを使って愛し合い、楽しむカップルだっているだろうに」

「……」

メガネの奥の、環の知性的な目がふっと潤んだ。色っぽい。章吾の背中が少し痺《しび》れた。

「わ、私は……ただ、愛情にも、愛ゆえの行為にも、きちんとした、ルールはあると、思うんです」

「ルール？」

「はい。愛ということばで、許される範囲といってもいいです……もしも、そのルールを外れてしまったら、人に否定され、後ろ指をさされても、しかたがないのではないでしょうか？　だからこそ、官能小説というフィクションの世界で、人は、ルールを離れ、自由になれる……違いますでしょうか」

「ルールから外れたら、愛し合ってはいけないということですか」

「少なくとも、正しい愛の姿ではないはずですわ」

ならば、章吾と吉野の関係は、正しくはなかったということになる。少なくとも、環の理想の世界では。

章吾はむっつりと押し黙った。

「……先生？」

　環の理想はたしかに正しい。だが、現実の恋愛はそんなにきれいなものじゃない。誰もが、人に恥じることなく祝福され、抱き合うだけで満足できるような愛を手に入れられるとでも思っているのか。きっと環は、禁忌に触れたことによる苦しみも、汚れもいとわぬほどの激しい焦がれも、何ひとつ知らないに違いない。

「生意気なことを言ってしまったかもしれません。だけど、私はそう思うんです」

　知らないから、章吾にすれば傲慢《ごうまん》とも思える考えを、平気で口にできるのだ。

　――なら、いっそ……。

「……あの……少なくとも、そういう趣味のない人間に、その……こういう物を見せて喜ぶようなイタズラをする編集長は、良くないですよね？」

　環の声は不安げで、最後には、また半分泣いているような調子で震えた。懸命に、どこかで章吾と同意しようとしているらしい。

「いい方法がありますよ。これ以上、編集長にイタズラをされないように」

　章吾は唇だけで環に笑いかけてみた。まあ、なんでしょう？と、環もほっとした笑顔で首をかしげる。

「あなたが、こういう物を好むようになってしまえばいいんです」

「え……？」

環は笑顔のままで眉を寄せた。章吾はそっと立ちあがり、何気ないふりで環の座る背後に回る。

「官能小説の編集者としても、意味のあることだと思いますよ」

「え。あ――あ！　せ、先生、何を……」

ふいうちで後ろから抱きすくめ、うなじに口づけ、耳もとで囁《ささや》く。

「教えてあげます。ルールも良識もない世界の楽しみ方を」


ちょうどいい。依頼された長編のほうの内容は、理想や良識だけがいつでも正しいと信じる知性的な女性が、あるきっかけで禁断の快楽を知り、それに溺《おぼ》れ、崩されていく物語にしよう。

「せ、せんせ……いや！」

環は腕の中で身をよじった。かまわずに、章吾は環のスーツの胸もとに手を伸ばす。白い肌に似合う桃色の、体にフィットしたデザインのスーツ。ウエストや肩のラインはきれいだが、バストラインだけはいつもやや不自然に張っていた。体つきに対して、環の乳房が大きすぎるからに違いない。ボタンを外すと、引っ張られていたスーツの布地は弾《はじ》けたように左右に広がり、中からみっしりと大きな乳房が飛び出した。きまじめな性格の環らしく、下着の色は薄いピンクできれいだが、カップはしっかりと大きくて、乳房全体を覆い隠すように包んでいる。深い谷間がさっときれいな桃色に染まった。いきなりむかれて肌をさらされ、ひどく困惑しているに違いない。

「先生、こんな……」

環の全身はぶるぶる震え、声もすっかり涙混じりだ。章吾は環の髪を撫《な》で、優しく説得するように言ってやる。

「環さんも、彩音さんにイタズラされたくはないでしょう？　それに、私がいい長編を書くためにも、ぜひ、環さんに協力してほしいんです。環さんにしか、お願いできないことなんですよ」

「そんな……でも……その……」

「ダメですか？　担当として……ありがたい私の1ファンとして……許してもらうことは、できませんか？」

「……ああ」

甘えるように環の髪に頭を擦りつけ、抱いた手をずらして下からそっと乳房に触れた。環の髪はいい匂いがする。乳房は重く、鞠乃のそれとはまったく違って、手の中にはとてもおさまらないほどの大きさだった。章吾の下半身が固くなる。環の弱みにつけこんだ、ずるい申し出は承知の上だ。けれど、環がうなずけば、あとはどうしようと合意の上だ。

「私は……私は、何を、すれば……」

ありがとう、と言いながら、章吾は内心ほくそえんだ。

「私に、自慰をして見せてください」

「じ……？」

「オナニーですよ。まさか、やり方を知らない、ということはないですよね。私の小説でも、よく出てくる場面ですから」

「で、でも……そんな……」

「恥ずかしいですよね。環さんみたいに、きれいで、知性的な女性が、ひとりで」

「あっ！」

「ここを、いじりまわすいやらしいところを、恋人でもない男に見られるんですから」

や、とむずがる環を力で制して、章吾は環の股間《こかん》に手をあてた。

「だけど、私は見たいんです……女性が……いいえ、環さん、あなたが、オナニーを見られることで、どんなふうに乱れて感じていくのかを、目の前で、観察したいんです」

股間にあてた中指をかるく押してやる。環はアッと鋭く叫んだ。

「やめて……そんな、そんな、無理です……」

「協力してくれると言ったじゃないですか」

ね、と章吾は環の手をとって、片方を乳房、片方をスカートの中のショーツに触れさせせた。環はされるままに手を置いたが、そのまま、何も始めようとしない。

「どうしました？　緊張で、体がうまく動きませんか」

「あの……」

「じゃあ、最初だけ手伝ってあげますよ」

「ああっ！」

章吾は環のブラジャーホックを外し、前の中心をつかんで引き下ろした。すると、戒めから解放されたかのように、ふるっと震えて乳房が飛び出す。ナマの乳房はブラで覆われていたときよりもさらに大きく、迫力を増したように見えた。これは90、いや95は確実で、カップはFでも足りないだろう。

「恥ずかしい……先生……あまり、見ないで……」

環はうつむいていやいやをした。たぶん彼女は、自分の知的なイメージを裏切る、この大きな乳房がいとわしいのだろう。だから、フルカップのブラで乳房をしっかり包み、さらにスーツで隠していたのだ。

章吾にはそんな環がかわいらしく思えた。

「いいじゃないですか。見せてください。環さんは、この乳房をひとりで揉んで、オナニーをしているんでしょう？」

「ん、あ……」

「こうですか？　こんなふうに、強く揉んだり、こうして、指先で乳首をつまんだりして、気持ち良くなっていくんですか？」

章吾は少し力を込めて、環の乳首をクニッと押した。乳房のすごい大きさに比べ、環の乳首は小さかった。やや楕円形《だえんけい》の乳輪も狭い。が、刺激に反応して勃起《ぼっき》する乳首はきっちり固く、敏感そうで、環の乳房全体の感度の良さをしめしている。

「ほら、自分で揉んでみてください」

章吾は環の手に手を重ねた。ああ、と環は悲しそうな声をあげながら、目を閉じて、環は乳房を撫で始めた。きゃしゃな手の細く長い指が、乳房に埋まるように食い込んだ。

「ウ……ンッ……」

おずおずと、指先が乳首の周囲を這《は》い回る。

「体の奥が感じてきてますか？　もう、こっちもいじりたいでしょう」

環に自分で乳房を揉ませて、章吾はタイトスカートの間から丸見えのショーツに手を伸ばす。太腿《ふともも》の付け根から手をねじこみ、わざと乱暴に、じかに触れた。

「お……」

思わず章吾は声に出した。

「ああ！　だめ、いやです……ああ……」

環は絶望したようにしゃくりあげた。章吾の指が触れているそこは、すでに、本気で感じまくっている証拠のようなトロ味のつよい蜜でヌルヌルに溢れ、下着をつけているのさえ辛そうだった。

「オナニーを見られると思うだけで、こんなに濡らしてしまったんですか？」

「ち、違います……それは……」

……先生の、小説を読んでいて、つい……。

小さな小さな声で環がつぶやく。

「でも、それだけじゃないでしょう。正直に、言ったほうがいいですよ？」

「ひッ」

下着の中で指を動かし、章吾は柔らかな環の丘に指をあて、割れ目を左右に広げてやる。

「ほら。ここがもう、こんなに固い」

広げた奥で密《ひそ》かに熱くなっていたクリトリスを探り当て、指で丸めるように刺激した。

「やッ……ああ……」

環のそこは素直だった。クリトリスを指で押されるたびに、あたたかい蜜が湧いて出て、章吾のてのひらまでヌルヌルにした。

「こんなにしたら、もう、緊張なんて忘れたでしょう。あとはもう、自分でできますね」

章吾はショーツから手を抜いて、環の手を、みずからショーツの中へ入れさせた。

「脚を開いて。環さんの指の動きが、私によく見えるようにしてください」

すべすべした環の太腿の内側をつかんで開かせる。いや、と環はまた首を振るが、章吾にさからおうとはしない。

「さあ、どうするんですか？　体が熱く、感じてきたら、どうやって、指を使うんですか」

「……ああ……はい……指先で……ここ、全体を包みながら……奥に、中指を入れて押します……」

言ったとおりに環は指を動かした。ショーツが動きにあわせてモゾモゾ動き、隙間のへアが見えてしまった。

「それから？」

「体が、じいんとしてきたら……ゆっくり、指を往復させて……」

はあっと熱い息をつき、環はみずから膝をさらに大きく開いた。

「凄《すご》くいやらしい眺めですよ、環さん」

「ああ。いや」

口だけだった。章吾の暗示にかかったように、環は、指の動きを止めない。やっぱりな、と心のどこかで章吾は思う。良識や、ルールを口にして自分を守る環の下には、そうでもしなければ抑えられない、淫《みだ》らな性質が潜んでいるのだ。いまはもう、章吾は環を力で押さえてもいなければ、何を命令したわけでもない。なのに、環は章吾の目の前で、体を支配する快楽のままに、乳房を揉み、ショーツに入れた手を動かしている。

「ショーツは、いつも脱がずにオナニーするんですか?」

「……それは……」

「脱ぐんでしょう? だったら、脱いで見せてください」

「……はい」

章吾は環の体勢を変えて、床にあおむけに寝かせてやった。寝ただけで、環のスカートは臍《へそ》までめくれた。ピンクのショーツに指をかけ、腰をモゾモゾ動かして、環は、するりとショーツをさげた。真っ白な下腹部に続いてあそこが目に入る。ほどよい濃さで、小さめの三角形に生えているヘアは、もう、濡れて左右にへばりついていた。

「どうですか? オナニーでこんなになっているところを、男に見られてしまう気分は」

「恥ずかしいです」

「でも、もう、いかないと終われないでしょう」

「……」

「じゃあ、せっかくの機会ですから、指じゃなくてこれを使ってみますか」

章吾は床に転がりっぱなしのバイブを手にしてスイッチを入れた。ビイイン、と細かくモーターのうねる音がする。涙のにじむ目をぼんやり開けていた環は、それを目にすると、怯《おび》えて上半身だけをかるく起こし、乳房を揺らして後ずさりした。

「い、いやです……だって、私は……」

「何も、最初からこれを入れて楽しめとは言いませんよ。この道具には、こんな使い方もあるんです」

「いや！　あ！　アアッ……あ……」

章吾は環をつかまえて、うねるバイブを股間の割れ目の間に挟んだ。

「あ……あああ……」

こうすると、バイブの振動でクリトリスが細かく刺激され、女性にはたまらないという。しかも、頂上の快楽が長続きするので、覚えるとやみつきになる女性も多いらしい。

「だめ……せ……ああ……」

環もたちまちうっとりと甘い声を出した。バイブに驚き、嫌悪感を隠さず、愛のルールだなんだと口にした環が、そのバイブで、快楽に酔っている。章吾はいい感じで満足した。あとはもう、環が堕《お》ちて達していくところをじっくりと見てやればいい。

「すごく、気持ちがいいでしょう？　じゃあ、これを自分で持って、恥ずかしいところにあてなさい。そして、大股《おおまた》開きをしたままで、イクまで、バイブで楽しみなさい」

「……はい……」

言われるままに、環はバイブを章吾から受け取る。もう、体のほうがあまりに深く感じてしまい、抵抗する気力もないのだろう。メガネの奥で、ふたたび環の瞼が閉じた。体も顔も熱く火照っているせいだろう、メガネはうっすらくもっていた。

「んんッ……ん……」

環はバイブの振動音に合わせて声をあげ、あさましく、腰を左右にくねらせた。

もう限界だな。章吾は、こっそり自分の前を開け、自分で少ししごいてやる。冷静な作家として振る舞っていても、男としての本能は、正直に反応して固かった。

「ああ……はあ……」

激しいオナニーであえぎ続ける環の体をそっとまたいで、きれいな顔に照準を合わせる。

「だめです……私……私もう……」

「イクんですね？　オナニーで、イッてしまうんですね？」

「はいっ……あ……アアアア！……」

いくらなんでも鞠乃に聞こえてしまうのではと不安になるほどの声をあげ、環は全身を震わせた。章吾は環の乳房の谷間に自分のものを挟んで擦る。温かく、柔らかくて章吾のものをじゅうぶんに包む余裕のある乳房。乳首はもう、最高潮に固くなり、色も暗い赤に近くなっていた。ああ、はあっと環は長く達している。淫らに唇を開いたまま、涙に潤む環の顔で、章吾もすぐにのぼりつめた。自分が乳房を使われて、何をどうされているのかと、環が気づく間も与えずに、章吾は、きれいな顔に向け、白い精液を思いきり放った。

そっと見たが、鞠乃は、とらの部屋の前からずっと動いていないらしい。

章吾は鞠乃に気づかれないように台所へ行き、タオルを濡らして部屋へ戻った。まだ、呆然《ぼうぜん》と寝そべっている環に、それを、そっと渡してやる。

「……すみませんね。つい」

ボソボソ言ったが、環は何も答えない。タオルで顔を拭《ふ》いてから、乱れた服を直す間も、環は終始、無言だった。帰り際に、プロットだけはしっかり手にして持っていったが、最後まで、章吾の顔を見ることはなかった。

……ふう……。

ひとりになって、空気を入れ換えようと窓を開けると、外ではヒグラシが鳴いていた。もう夕方か。時間のたつのも忘れていた。

窓辺に座ってタバコをくわえ、章吾はぼんやり外を眺めた。

環さんは、私に幻滅しただろうな……。もう、担当もおりてしまうかもしれない。

まあ、それでももともとあれを差し入れしたのは彩音さんだし、仕事そのものがなくなることはないだろう。

いくぶん後ろめたさはあるものの、章吾は後悔していなかった。

と、そこへ。

「先生、先生！」

はしゃいだ声とともに鞠乃が部屋に駆け込んでくる。

「どうしました?」

「大丈夫みたいです……とらちゃん、やっと落ち着いて、ミルクを飲んで……仔猫たちも、みんな元気です!」

よかったです、と小さな手をギュッと握りしめ、鞠乃は何度もうなずいた。

「心配事もなくなったので、鞠乃、今夜の晩ご飯は張り切ります! いまからすぐに、したくしますね!」

「楽しみにしてますよ」

章吾は窓辺に座ったまま、鞠乃にかるく手を振ろうとした。ふいに、優しくされるとかえって不安になるのでは、という環のことばを思い出し、あげかけた手をまたおろしてしまった。

第3章　心涼む日

満開の桜が咲く丘に、章吾は、吉野とふたりきりでいる。

「段差がありますよ。気をつけて」

「うん。大丈夫。お兄ちゃんが支えてくれてるんだもん」

吉野はもう、章吾が手を引いてやらなければまともに歩くこともできないほど、衰弱し、視力も低下してしまっていた。

それでも、吉野は車椅子《くるまいす》も看護婦の付き添いも拒んで、章吾とふたりで歩くことを望んだ。

「いっぱい……咲いてるね」

「わかるんですか？」

「うん、匂《にお》いで。桜の花の香りなんて、いままであんまり意識したことなかったけど……こんな感じだったんだ」

何もうつさないはずの瞳《ひとみ》で、吉野は桜の花を見上げている。吉野という名の由来でもあるからと、桜の花を愛した吉野。

「どんな感じですか？」

「ちょっと甘い感じで……でも、もっと……なんていうんだろう、花とか草の匂い……生きてる、って、そんな感じの匂い……」

章吾もそっと目を閉じてみた。いわれると、たしかに穏やかな風にのって、かすかな甘い香りがする。だが、いまの章吾にはその香りさえもどこか悲しい。桜の花の命は短く、この香りも、数日もすればはかなく散ってしまうだろう。それでも桜はまた来年も咲くだろうが、吉野はもう……。

「やだ、お兄ちゃん。黙り込んじゃ、やだよ。変な意味で言ったんじゃないんだから」

「当然です」

章吾はあえて明るく言った。

「ちゃんとね、なんとなくわかるの。上を向くとね、真っ白じゃなくて……うすーいピンク色で……」

桜を思い浮かべるように、吉野はいったん目を閉じた。少しして、ゆっくりと目を開ける。

「それで……」

と、ぼんやりした顔でことばを止めた。

「それで？」

「ちょっと、待って」

吉野は、ゆっくり数回、まばたきした。黒い目の長い睫《まつげ》が上下する。それから、夢でも見ているような顔で章吾を振り返って言った。

「嘘《うそ》みたい……ホントに、見えるよ……！　桜の花も、空も……お兄ちゃんも」

「ほ……本当ですか？」

「うん。お兄ちゃん、いま泣きそうな顔で笑ってる」

「どんな顔ですか……それは……」

だがたしかに、章吾は驚きと嬉《うれ》しさと、奇跡に感謝する気持ちのせいで、嬉しいが泣きそうな気分だった。きらきら光る吉野の瞳は、はっきり自分を映しているのだ。

「じゃあ、もうちょっと歩こうよ。向こうまで。今度は、お兄ちゃんと並んで」

「いいですが、ゆっくりですよ？　まだ、無理はできないはずですから」

「大丈夫。何があっても、お兄ちゃんがいるんだから」

ほら……こうやって、支えてくれてるもん。

吉野はこの上なく甘い笑顔で、章吾を見上げた。

——手……離しちゃ、やだよ？

離しませんよ。

えへへ……ねえ、次はいつ、お散歩できるかなあ？

すぐに出来ますよ。手術が終わって、体力が戻ったら……いつでも。

うん！　そのときは、お兄ちゃんもいっしょだよ？

うなずいて、章吾は笑いながら祈っていた。

この奇跡が、少しでも長く続くように。

そして、本当に願う奇跡が、起こってくれるように……。


吉野。

はっとして、目を覚ますとそこは呉石荘だった。隣では、鞠乃が寝息をたてていた。

鞠乃の部屋は、仔猫《こねこ》を産んだばかりのとらに占領されているので、昨夜も鞠乃は、章吾の布団で眠ったのだ。

ただし、最初の夜のようなことはなかった。求めれば鞠乃は拒まなかっただろうが、章吾が鞠乃を抱く気持ちになれなかったのだ。こうして夢を見るように、いまも、章吾の心には、吉野が住んでいるのだから。これ以上、鞠乃に身代わりを求めてはいけない。

だが、辛《つら》い。

思い出の中でひとりでぼんやりしていたときは、吉野の夢は救いだった。その夢だけが、章吾のすべてだったからだ。だがいまは、こうして、鞠乃がそばにいる。仕事も、環や猫たちも、みんなリアルな現実だけに、吉野だけが現実でないことが、残酷なように思えてくる。

なぜ、いなくなってしまったんだ吉野。

どうしたらいいんだろう？　私は……。

「……先生？」

薄闇の中、鞠乃がぽつりとつぶやいた。章吾の動く気配に目を覚ましたのか。

「すみません。まだ眠っていていいですよ。私も、もう一眠りしますから」

「……」

章吾は無理に笑ったが、鞠乃に見えたかどうかはよくわからない。


２度めに章吾が目を覚ましたのは、味噌汁《みそしる》と、焼いた魚の匂いのせいだった。

少々、焦げ臭い気もするが、全般的には、これはうまそうな朝食の匂いだ。

起きあがるとすっかり朝になっていて、鞠乃はもう横にいなかった。これは、と期待して居間へ行く。

「おはようございます！」

鞠乃は今日も元気いっぱいに挨拶《あいさつ》した。おはよう、と章吾も笑みを返した。

食卓には、白く光る炊き立てのご飯と泥状でない味噌汁、それに、予想どおり、きちんと焼けた魚もある。

「メザシですか」

「はい！　安売りしてたからいっぱい買ってきたんです。何匹かは……失敗しちゃいましたけど」

失敗作は、猫たちのところへ行ったらしい。なつとふゆのヒゲに、黒い粒のような名残《なごり》があった。

「いただきます。……うん、うまい。やっぱり、こうした朝食はいいですね」

「ホントですか？　鞠乃も、先生のお料理の腕に少しは近づけたでしょうか？」

「もう追い越されましたよ。この味噌汁なんて、なかなかです」

「えへへ……それは、お湯入れるだけで出来るヤツです……」

鞠乃は困り笑いを浮かべて赤面した。

「あ、でもご飯はよく炊けてますよ」

章吾はもう一度フォローする。鞠乃の顔がぱっと輝く。

「よかったです！　今度はお味噌汁もきちんと作れるようにがんばります」

「がんばることがいっぱいで、大変ですね」

はい、と鞠乃はうなずいて、章吾が差し出したおかわりの茶碗に、そんなにいらないというほどご飯を乗せた。ご飯を褒められたのが、嬉しかったらしい。

「先生も、お仕事大変なんですよね？」

「そうですねえ……」

メザシを口に運びながら、章吾は少し考えた。時計を見る。9時前か。たぶん……いや

100パーセント熟睡中だな。まあいい。携帯を取り出し、メモリを呼ぶ。

コール5回。出ないかな……だが、留守電は可能なかぎり使わない人だ。7回。9回。

さすがに、そろそろやめとくか……というころ、相手が出てきた。

「──誰《だれ》なのよ？」

朝から殺人的に凶悪な声。

「あ、彩音さんですか。桜羽ですが。すみません、起こしちゃいましたかね」

彩音、と章吾の口から聞いて、そばの鞠乃の耳が猫のようにピンと立つのが見える気がした。

「あなたのほうは、もうすっきりお目覚めみたいじゃない」

彩音は嫌みっぽく言うが、彼女の不機嫌は予想ずみだ。

「はい。おかげさまで呉石荘に来てから、生活、健康的になりまして。鞠乃さんが、とてもよくお世話をしてくれるので」

言いながら、章吾は鞠乃に笑いかけた。鞠乃はすっかり照れながら、三角の歯を見せてはにゃーんと笑った。

「……で？　ひとがほぼ徹夜で忙しいのに、朝から健康自慢するつもりなの？」

「いえ。ただ、今日の予定で、ちょっとお願いしたいと思いまして」

「お願い？」

「ええ。その……もしも、今日も環さんが打ち合わせにこちらへ来る予定なら、それは、キャンセルにしてほしいんです」

「……」

「環さんには、すでにプロットはふたつ渡してます。このぶんなら、短編のほうは締め切りに間に合いますし……長編は、とりあえずひとりでじっくり練りたいんです」

「ふうーん」

彩音はまるで関心がないかのようにさらっと言った。見ているだろうからプロットの感想を言われるかと思ったが、それも言わない。

「そういうわけで、今日は環さんに来ていただかなくても大丈夫ですので」

「あ、そう。ならちょうど良かったわ。じつは昨日、環ちゃんからも言われたのよ。どうも体調が良くないから、できれば明日は休みたいって」

「そうですか……」

「そっちが大変なら出てきてもらおうかと思ったけど、キャンセルなら、彼女にもそう言っておくから」

「お願いします。では」

電話を切って、章吾はかるくため息をついた。環の休みは、昨日のことが原因に違いない。こちらからキャンセルするまでもなく、嫌われたかな。しかたがないが。

「……さて。これで、打ち合わせもなくなりましたから」

気分を変えて、章吾は鞠乃のほうを向いた。

「今日は、ちょっと仕事はお休みして、鞠乃さんと散歩でもしたいと思っているんですが、いいですか？」

「えっ！　鞠乃と⁉」

「はい。鞠乃さんに、ご迷惑でなければ」

ぶんぶんぶん、と、鞠乃は鈴をつけて束ねた髪を揺らして首を横に振る。

「迷惑なんて！　嬉しいです！　でも……彩音ママにお仕置きされちゃうかな……」

「彩音さんには内緒にしておきましょう」

章吾はヘタなウインクを無理にしてみた。鞠乃が彩音を、また「彩音ママ」と言ったことにはあえて触れない。


「ここは、鞠乃がいつもお魚を買うお店です。朝のメザシも安くしてもらいました。それから、こっちの駄菓子屋さんは、冬になるとおでんも売ってて本格的です」

「いいですね」

「あと、この坂を上ると神社があって、お祭りのときは賑《にぎ》やかなんですよ」

家ではぱたぱたと走り回る鞠乃だが、いまは、のんびり章吾と歩きながら、近所を案内してくれる。

都会から少し離れた町はのどかだ。いま歩いている商店街も、ほとんどが昔からある小売店らしく、八百屋は天井から売り上げを入れる籠《かご》を吊《つる》して、床屋の前には例の赤青白が回っている。呉石荘もそうだったが、町全体が、懐かしさを感じる風景だった。

今日は休みにしてよかった。

朝方、吉野の夢を見たときは、いろいろな思いが自分の中で絡みあい、心の限界を感じていた。あのままでは、ろくな仕事ができそうになかった。それではプロとして失格だと、吉野がいたら怒るだろう。だから、章吾は無理にでも、気持ちを切り替える必要があった。その判断は正解だった。駄菓子屋でアイスキャンディを2本買い、食べながら鞠乃と歩いていると、章吾も空気にとけこんで、しぜんに心が軽くなる気がする。

「そろそろ、お昼の時間ですね」

鞠乃が太陽の方向を見て言った。

「そうですね。せっかくですから、外で食べますか。といっても私は詳しくないですから……鞠乃さんは、どこかいいところを知ってますか？」

鞠乃は少しだけ考えて、

「おじいさんに教えてもらった、おいしいお蕎麦《そば》屋さんがあります」

「おじいさん？」

「はい。呉石荘の前の大家さんです。鞠乃、いろいろよくしてもらいました」

ということは、血のつながった祖父ではないのか。そういえば、章吾は鞠乃が彩音以外の（人間の）家族のことを言うのを、聞いたことがない。彩音さんとはいっしょに暮らしていなかったというし、この子は、どういう育ちをしたのだろうか。

「あ、ここです」

ぱりっとした暖簾《のれん》に黒い格子の引き戸の涼しげな店先。中も落ち着いた作りだったが、

「いらっしゃい！　おお、鞠乃ちゃんじゃないか！　久しぶりだねえ。さ、こっち来て座んなよ。ん、なんだい、そっちはお連れさんかい？」

出てきた店主はシャキシャキした賑やかな人物だった。どうも、と章吾はあいまいに頭をさげる。

「えっとですね、この人は……」

「あ、わかったよ。お兄さんだろう。驚いたねえ、鞠乃ちゃんにお兄さんがいたとは！」

「ええっ!?　あ、あのおじさん、この人は……」

「いいからいいから。ほらこっちの奥の座敷が落ち着くよ。注文はいつものもりでいいんだろ？　鞠乃ちゃんは蕎麦好きだからねえ、本物の蕎麦好きはもりを食べるもんだよ。お兄さんももりだね、もりの大盛りにしとこうか」

「おじさぁん……」

鞠乃は赤くなって困っている。章吾はため息をついて鞠乃の肩をぽんと叩いて、

「とりあえず、座りましょう。説明はあとでもできますから」

ところが、店主は一方的にしゃべるばかりで、こちらの言うことはほとんど聞かない。

結局、章吾たちが店を出るころには昼時で店内は満席となってしまい、とても説明する余裕はなかった。

「すみません……おじさん、いい人なんですけど、早とちりで」

帰る道々、鞠乃はすっかり恐縮していた。

「いいんですよ。蕎麦は本当においしかったし」

鞠乃が薦《すす》めるだけあって、本物の香りがするいい蕎麦だった。鞠乃も本当に嬉しそうに蕎麦を食べていた。そうだ、今度蕎麦が好きな女の子が出てくる話でも書こうかな。

「でも……先生、ご迷惑でしたよね……鞠乃が、先生の……」

妹さんだなんて。心から申し訳なさそうに、そっと付け加える鞠乃。その様子から思い当たって章吾は尋ねた。

「彩音さんから、聞いていたんですね？　私と、妹の……吉野のことを」

鞠乃はコクンとうなずいた。

「ごめんなさい……それなのに、鞠乃なんかが……」

章吾が蕎麦を食べ始める前後からいままで、あまりしゃべらなかったのを、鞠乃は、店主の誤解で自分が章吾の妹にされたせいだと思っているらしい。これまで鞠乃は、章吾に吉野を思い出させるようなことを、何ひとつ、言ったりしたりしなかった。それは鞠乃が章吾を気づかい、吉野を想《おも》う章吾の気持ちを大事にしてくれたからに違いない。猫に対してあれだけ一生懸命なところを見ても、この子は、元気なだけでなく、思いやりのある優しい子なのだ。章吾の胸があたたかくなった。

違いますよ。私が、蕎麦屋でつい黙ってしまったのは。

「……これは、桜ですね」

言おうとして、言い出しにくくてやっぱりやめて、章吾は、ふと道端の樹《き》を見上げた。

「はい。ここには1本だけですが、春にはきれいに咲くんですよ」

いまはすっかり緑の葉桜の間から、木漏れ日がキラキラまぶしかった。

「……妹は、桜が好きでした」

章吾は少し目を細めて、問わず語りにそっとつぶやく。

「最後にふたりで見たのも桜の景色でした……きれいだった……見えなくなっていた吉野の目が、奇跡的に、あのときだけは回復して……」

何も言わずに、鞠乃はじっと章吾を見つめている。

「けれど、本当の奇跡は起きなくて……私は、妹に何もしてやれなくて……」

鞠乃は小さく首を横に振った。そうして、やはり何も言わないままで、そっと、片手で章吾の腕に触れてきた。章吾がその手に手を重ねると、さらに、小さな手を重ねる。それだけで、章吾は驚くほど安らいで、気持ちが癒《いや》される自分を感じた。

「ありがとう」

心からの感謝を口にしてみる。そういえば、吉野を失ってしまってから、誰かに自分から妹のことを語るのは、初めてだった。


膝《ひざ》の上で、なつがくつろいで眠っている。

最初からなれなれしかったこの猫は、すでにすっかり章吾の膝を居場所にしていた。散歩から帰って夕食のあと、一応、パソコンは立ち上げてみたが、章吾はキーに触れようともせず、ときどき、なつの背中を撫《な》でてやっていた。

妙な気分だ。吉野への想いと後悔に裂かれた、章吾の心のひび割れた隙間《すきま》に、鞠乃が、すっと入ってきている。触れ合った柔らかな手の感触を思うと、体の芯《しん》が微妙にうずく。

「……先生。お仕事中ですか？」

と、障子の陰から鞠乃が声をかけてきた。なつが片方の目だけをゆっくり開ける。

「大丈夫ですよ」

「あの……お風呂《ふろ》が沸いたんですけど、どうしましょう？」

「ああ。いま入ります」

なつはやりとりを理解したかのように章吾の膝から音もなくおりた。そういえば、今日は外へ出て汗もかいている。章吾は楽しみに風呂場へ行った。

呉石荘の風呂はもともと住人が共同で使用するためのものだったらしく、古いが広くて使い勝手もなかなかいい。板張りの脱衣場には洗ったばかりのタオルと着替えが用意されていた。湯加減もちょうど章吾の好みで、森の香りの入浴剤入り。鞠乃は料理は苦手のようだが、このへんはとても気が利いている。

「はー……」

湯船に沈んで一息つくと、カンカン、と浴室のガラス戸を叩く音がした。

「先生。よかったら、背中流しましょうか」

「え。えーと……そうですね……じゃあ……」

章吾は妙にどきどきしながらあがって風呂の椅子に座った。一応、前にはタオルをかけておく。一度は鞠乃を抱いているわけだし、それほど意識しなくてもいいはずだが。

「失礼しまーす」

鞠乃がカラカラ戸を開けて入ってきた。章吾は背中を向けてるふりで、鏡で鞠乃の様子をしっかり見た。髪はタオルでゆるくまとめて、胸と腰も、タオルを水着のようにぴっちり巻いて結んでいる。

「残念だな」

「え？」

「いえ、なんでもありません」

「じゃあ、流し足りないところがあったら言ってくださいね」

鞠乃はザラザラのタオルにボディシャンプーを泡立てて、章吾の背中を擦り始めた。

「先生の背中って、広いんですね……あ」

「男ですから」

「……っあん……力の入れ具合とか、どうですか？」

「とってもいいです」

「よかったです！……あんッ」

「鞠乃さん？」

背中で鞠乃が妙な甘い声をまじえて話しかけてくるので、章吾は、どうも落ち着かない。どうやら懸命に動いて背中を擦ると、胸や腰のタオルがずれるので、そのたびに、困った声が出てしまうようだ。章吾は鏡でまたチェックした。しっかり結んだはずの胸の間の結び目が弱くなり、腕を動かすと、上下に動く。すると、鞠乃のかわいい胸の膨らみが、あるいは上、あるいは下、とチラチラ視界に入ってくるのだ。あとちょっとずれれば、たぶ

ん乳首も見える。章吾の下半身が重くなった。

「じゃあ、お湯いきますね」

鞠乃はシャワーを勢いよく出して、章吾の背中をていねいに流した。お湯をかけながら手で撫でてくれる。気持ち良かった。いろいろな意味で。

「終わりました」

「ありがとう」

いいかな、と章吾が振り向くと、当たり前だが鞠乃も全身にお湯を浴びて濡れていた。濡れたタオルはぴっちりと体に張りついて、半分透けてしまっている。わずかに浮いている乳首の形も、あの部分の丘の微妙な盛りあがりも、みんな、はっきりわかってしまう。

「あ」

鞠乃は章吾の視線に気づいて、タオルを引っ張って直そうとした。ところが、濡れて重くなっていたタオルは、ぺたんと風呂場の床に落ちてしまう。

「ああ！　もう……」

鞠乃が真っ赤になっているのは、湯気にあたったせいだけではあるまい。

「いいじゃないですか、このままいっしょにお風呂に入れば」

章吾は体を隠そうとする鞠乃の手を外し、幼さの残る裸の体を正面に向けさせてじっくりと見た。鞠乃はわずかに体をひねって恥じらうほかは、抵抗らしい抵抗はしない。

「いいでしょう？　今度は、私が鞠乃さんを洗ってあげますからね」

てのひらに、ボディシャンプーを泡立てる。白い泡を、じっくりと、鞠乃の体に乗せて撫でる。困った顔でうつむいたまま、鞠乃は風呂用の椅子でじっとしていた。

「鞠乃さんの肌は、本当に赤ちゃんみたいですね」

ヌルヌルの手を、肩からきゃしゃな二の腕に滑らせ、章吾はほっとため息をついた。

「先生、あの……洗うなら、タオルか、ブラシで……」

「手で洗われるのは、嫌ですか？」

「えっ、でも、その……アッ……」

章吾の手は鞠乃の乳房に伸びた。下からすくう手つきで小ぶりの乳房を包み、こねて形を整えるように揉《も》んでいく。温められて乳首はいくらかへこんでいたが、章吾が両手の人さし指で左右それぞれに軽く触れると、ピンと敏感に反応した。きゃうん、と鞠乃が小動物のような声で啼《な》き、体をひねってくねらせる。

「先生……それ、洗ってないですよ……」

「すみません」

口だけ適当にあやまっておいて、章吾の手は、鞠乃にいたずらするのをやめない。乳房から、両脇《りょうわき》の細い線を撫で、幅の薄い腰を撫で、太腿《ふともも》の内側へ手を入れた。

「あ」

「今度は、ここを、じっくり洗ってあげますから」

向き合っている鞠乃の太腿を徐々に開くと、泡が白い線になって太腿の付け根をつたって流れた。すぐに中心がはっきり見える。少ないヘアは両側の丘に張りついて、赤みを帯びた縦のラインが、無防備にそっと開いていた。初めてしたときと同じように、章吾は、鞠乃のクリトリスに触れて、周囲を指でなぞってやる。

「女の子のここは、よく洗わないといけないんですよ」

章吾の指に、ほんのわずかに、粘りけのあるクリーム状の感触。

「ああ。鞠乃さんも、少しだけ、汚れがついてるみたいですね」

「すみません……恥ずかしいです……」

鞠乃は半分泣き声になった。

「じゃあ、洗い方を教えてあげましょう」

章吾は鞠乃の手をとって、自分のクリトリスをなぞらせた。

「あ！　や……」

「ちょっと、ビクビクしてしまうかもしれませんが、こうして、指を深く溝になっているところに挟みながら、汚れがありそうなところをなぞります」

「んん……せん、せ……」

どうして、そんなことを、知ってるんですか？　先生は、男の、人なのに。

手をとられ、無理やりにオナニーを覚え込まされるような形になりながら、鞠乃が、とぎれとぎれに尋ねた。

「官能作家ですから、研究してます」

何くわぬ顔で答えると、章吾は鞠乃の股間《こかん》をのぞき、クリトリスの勃起《ぼっき》具合をチェックした。厚い包皮の中心で、白い芯が懸命に尖《とが》っている。

「ちゃんと洗えたようですね」

「……ちょっと、痛いです」

「シャンプーが染みたのかもしれません。でも、すごくきれいになりました。いまなら、こうしても平気なくらいです」

「ひ、あ！　あ、先生……や……ああ……」

尖った芯に吸いつくように、章吾はそこに唇をあてた。芯から下のクレバスまでを、唾液《だえき》を乗せた舌で舐《な》めあげる。ぷりぷりした、いい舌ざわりの鞠乃の肉。勢いで割れ目の中まで舌を入れると、あたたかく、少し生々しい少女の味がした。章吾は音をたてて舌を使う。舌とあの肉が触れあう音が、ペチョッ、ピチュッと風呂場に響いた。

「やだあ」

あそこを刺激される感覚にとうとう耐えられなくなったのか、鞠乃は膝を閉じ、体を曲げて章吾の頭を追い出そうとした。

「どうしました？」

「許してください……これ以上は……」

鞠乃は首を横に振った。

「だめですか？　気持ち良くありませんでしたか」

「それは……でも……このまま、されたら、もしかして、鞠乃は」

これ以上ないほど真っ赤になって、消えそうな声でそっと言う。

「恥ずかしいです」

——鞠乃は、お漏らししてしまいそうなんです。

「そうですね。あそこの汚れを洗われて、お漏らしまでしたら恥ずかしいですね」

「……う……」

「でも、泣かなくていいんですよ。たぶん、本当には漏らしませんから」

それは、鞠乃のクリトリスが深く感じて、あそこ全体が充血し、開いて、頂点へ向かっているからだ。

「でも、でも」

「いいですか？　ここのふちに手をついて、少し、膝を開いてみてください」

「……こう、ですか」

章吾が示した浴槽のふちに鞠乃は両手でつかまった。

「そう。そのまま、上半身を倒して腰を私に突き出すように……そう。そしたら、体の力を抜いて」

章吾は自分の前を隠したタオルを外し、すでに上を向いているものを、鞠乃が差し出す小さな丸いヒップの真ん中にそっとあてた。

「あっ」

「いまから、これを入れながら、鞠乃さんが気持ちいいところをいじります……そうすると、たぶん、鞠乃さんはもっと気持ちがよくなって、お漏らししてもかまわない、と思うようになりますよ」

「そ、そんな。鞠乃は……そんな……う……」

章吾の唾液と、鞠乃がみずから溢《あふ》れさせた蜜《みつ》で、入り口はすでに柔らかい。腰を抱えて、章吾はゆっくり侵入していく。男のものを入れるのはまだ2度めのそこは、やはりきつい。

「ウッ」

入れられながら、鞠乃の小さい丸いお尻もビクビク震えた。力を抜いて、とはげますように声をかける。あと少し。鞠乃のお尻を自分の腰に乗せるようなつもりで、章吾はグッと腰を突き出した。

「ウあっ！」

ずぶっと音が出そうな勢いで、章吾と鞠乃はひとつになる。

「さあ、入りました。いま、鞠乃さんのあそこは男にはめられて、いっぱいに開いて、こも剥《む》き出しです」

章吾が手を回してクリトリスに触れると、鞠乃は、ひっと悲鳴のような声をあげ、体を前に浮かせて逃げようとした。逃がさず、章吾は抱えたままの鞠乃の腰を前後に揺すって、同時にクリトリスを転がすようにいじってやる。すると内部がいい具合にうねって締まり、章吾のいいところに絡んできた。章吾はたまらず激しい勢いで鞠乃の中で往復した。パンパンと、お尻を叩いてお仕置きするときのような威勢のいい音が、風呂場の中でこだました。

「あひ……あ、ふ……あ……」

鞠乃はすがるようにバスタブのふちを握って、章吾の動きに耐えている。小さな体を折り曲げて、されるままになる鞠乃の姿が、セックスのための人形のように一瞬見えて、章吾は背徳感にぞくっとした。だが、こうされるのが鞠乃にも苦痛でないことは、体の反応でわかっていた。クリトリスは相変わらず熱く固い。ふと、章吾は動くのをやめてみた。

鞠乃ははあっと息をつき、バスタブのふちに頭を乗せて脱力したあと、先生？と章吾を振り返る。

「どうですか？　気持ちいいですか」

「……あの……痛いみたいな、しびれてふわふわするみたいな……」

「こうして動くと、お腹の奥から甘い蜜が出てくるみたいな感じがするでしょう」

章吾はまた少しだけ動いた。

「う、あ……はい……あ……」

「じゃあ、自分でも動いてみてください。お尻を振って、自分に気持ちいいところに、私のものがあたるようにして」

「……」

鞠乃は不安そうな顔をしたが、章吾が目を見てうなずくと、おずおずと、みずから腰を使い始めた。始めは単純に上下するような動きだったが、少しずつ、言われたとおりに自分の感じるところを懸命に捜しているように、ん、ンッと声をあげながら、腰を回して動かしてくる。

「あッ」

鞠乃がピクンと背中を反らした。キウッと内部もよく締まった。よし、と章吾はそこを狙《ねら》って小刻みに動いて、鞠乃の感じるスポットを突いてやる。さらにクリトリスも刺激する。

「あひッ……や、せん、せ……あ、や……やだあ……だめ……んああ……ああ……」

やだあ、やだあと怯《おび》える子どものような声を混ぜて鞠乃は首を横に振った。

「大丈夫です、いいから、お漏らししてもいいから体の力を抜いて」

オ××コ気持ちいい、って思ってごらん。

優しく低く、章吾は鞠乃の耳に吹き込んだ。

「ひ」

それでいかされてしまったらしい。びくんと大きく腰を震わせたと思うと、鞠乃の全身がこわばって反った。内部はつよく収縮し、章吾のものを絞るようにうねる。つながっているところが熱く濡れた。本当に少し漏らしたらしい。感じやすい証拠だ、それもかわいい。乳首をつまんだ。すごく固い。敏感になっているところに触れられて、鞠乃はさらにつよく感じたらしかった。いきなり、気を失ったようにガクリと鞠乃が脱力する。浴槽の中へ落ちるのではと、章吾はあわてて抱き留めた。ん、ううん、と夢見るような声をあげ、鞠乃は、章吾の腕の中で、何度もビクビク震えていた。


「ごめんなさい……」

「私こそ」

初めてイクことを教えられ、しかも風呂場で湯あたりして、立ち上がれなくなった鞠乃を抱いて、章吾は部屋へ戻ってきた。

隅に積んでおいた布団を足で蹴《け》るようにしながら敷いて、裸の鞠乃を寝かせてやる。窓を開け、ちょうど部屋の隅に簾《すだれ》が巻いてたてかけてあるのを見つけて、窓の桟《さん》からかけて吊した。これで、外から見られずに、涼しい夜風を入れられる。

鞠乃は、まだ頬《ほお》の赤いぼんやりした顔で横になっている。章吾はとりあえず腰にタオルだけの格好で、鞠乃の横に座って一服。

「どうでしたか？」

鞠乃の前髪を撫でながら、ちょっと意地悪く感想を訊《き》く。鞠乃はかるく首をすくめた。

「先生が、とってもエッチでびっくりしました」

「男はみんな、あんなものです」

それに鞠乃さんもエッチでしたよ、と付け加えてやると、はっと鞠乃は唇を噛《か》み、もじもじ膝を摺《す》り合わせた。裸の少女に、布団の上で、目の前でそんなしぐさをされると、章吾のものがまた固くなる。さっきは鞠乃だけが達して、章吾は終わっていなかった。

「体のほうは、もう大丈夫ですか？」

「はい」

鞠乃は上半身を起こした。

「……じゃあ、鞠乃さんに、もう少しエッチなことをお願いしてもいいですか」

「エッチなこと」

そう、と章吾は膝で立ち上がり、鞠乃の唇を指でなぞった。

「鞠乃さんのかわいいお口と小さい手で、私を、気持ちよくしてほしいんですよ」

手をとって、タオルの上から章吾のものに触れさせる。あっと鞠乃が少し目を開いた。

「いいですか？」

「先生が、喜んでくれるなら」

鞠乃のことばに章吾は腰のタオルを外した。目の前で、男の欲望を見せられて、鞠乃はまた少し頬を赤くする。が、そっと両手で章吾のものを包んで触れた。薄い小さな唇が、震えながら章吾の先端に近づいた。でも先生、これからどうすればいいですか？と問いたげに、大きな目が上目づかいで章吾を見た。章吾は鞠乃の髪を撫で、

「根もとのほうをかるく握って……それから、まず舌で、先のほうをペロペロ舐めてください」

「はい」

鞠乃は言われたままにした。ピンクの三角形の舌は、猫の舌のように少しザラザラした感じで気持ちいい。早くも、章吾の先端に、透明なものが滲《にじ》み出た気がする。鞠乃はかまわず、それもいっしょに、それこそミルクを舐める仔猫のように、ていねいな舌づかいで舐めとった。章吾の背中がぞくっときた。

「いいですよ……そうしたら、今度は先のほうの、太くて皮のないところだけを、口の中

に入れて、吸ってください」

うなずいて、鞠乃は小さな口いっぱいに、男のものをほおばった。かわいい顔が歪《ゆが》んでしまった。そのまま、頬をすぼめて章吾のものをしゃぶってくる。ジュウと精子を吸い出されるような快感で、章吾ははっと息を吐いた。なかなかいい。

「……舌が口の中で動くでしょう？　そのまま、溝のところを掃除するつもりで舌でなぞるんです。そして、しゃぶって、吸って、舌を使うの繰り返しです」

「うぁい」

はい、のつもりらしい返事をして、鞠乃は初めてのフェラチオをした。ウン、ンッととき苦しげに喉《のど》を鳴らすが、くわえた章吾のものは離さない。ザラザラ、ヌルヌルした少女の口の中の感触は、あるいは下の口よりも気持ちよかった。章吾はつい、自分でも動いて鞠乃の喉までそれを入れてしまう。うっと鞠乃は低くうめいて眉《まゆ》を寄せ、両目の端に涙を浮かべた。

「すみません」

つい興奮して、と章吾があやまると、いいえのかわりに鞠乃は首を横に振った。濡れた目を閉じたり、ときおり薄く開けたりしながら、懸命に章吾の先端を刺激する。

「ああ、いい……私のものが、だんだん、大きく、固くなってきたでしょう」

うなずく鞠乃。

「鞠乃さんが上手にしてくれるからです。あとは、唇を溝のあたりにあてて、上下に動かしてみてください。歯はたてないで、唇の裏側で擦るみたいに」

「ん、ンッ」

かわいらしい顔を歪めたまま、鞠乃は口から男のものを出し入れした。本当は、初めてでは上手《うま》いといえるテクニックはない。けれど、健気《けなげ》に男の快感に奉仕しようとする姿が、何より章吾を興奮させた。鞠乃の髪を撫でてやる。鞠乃が頭を動かすと、胸の乳房もわずかに揺れた。章吾は試しに乳首をつまんだ。ンッと鞠乃がまた眉を寄せ、わずかに章吾の先端に歯が触れた。風呂からずっと続いているため、章吾もそろそろ限界になる。

「いいですか……これから、私は、鞠乃さんの口の中に射精します……」

鞠乃の目が少し驚いたように開いたが、口からそれを出そうとはしない。

「苦かったら、すぐ吐き出してもかまいません。とりあえず、口で受け止めてください」

鞠乃ははっきりとうなずいた。そして、いっそう動きを速め、お願いします鞠乃のお口に出してくださいと言わんばかりに、あむあむとしゃぶりついてくる。

いい子だ、鞠乃。

章吾は心で鞠乃を呼び捨てにした。と、いっそう自分もたかまる気がした。先端が、熱く膨らんできた。たまらない。章吾は少し自分で動いて、鞠乃の口を犯す気分で、あの先に神経を集中した。

きた。目の前が一瞬白くなり、章吾の欲望が爆発した。放出の快楽。少女の中に、自分の精子が吐き出され、体内に深染みるイメージ。ウッと章吾は腰を揺すった。最後まで絞り出すように、鞠乃の口内に出しつくした。

「ん……」

鞠乃は顔を上に向け、注意深く、口の中ものを吐き出さないように手で押さえ、そして、コクリと喉を鳴らして、目を閉じて、男の精子を飲み下した。はあと開いた唇の端に、少しだけ、半透明に白いものが漏れ出ていた。

さすがに疲れて、章吾は眠気を覚えてきた。

「先生」

隣で話しかけてくる鞠乃を無意識に抱き寄せ、うん、とあいまいに返事をする。

「あの、ひとつお願いしてもいいですか」

鞠乃の声が胸に響いた。

「なんですか?」

「えっとあの……先生と鞠乃って、その……なんていうか……ですよね?」

『……』の部分にどんなことばが正しいのか、鞠乃にもよくわからないらしい。章吾も同じだ。が、まあ『……』であるには変わりない。

「だから、その……鞠乃は先生と、もっと仲良しになりたいんです。もっと、先生と……近くなりたいです」

胸の中で、鞠乃が少し縮んだ気がした。怖がりながら、ためらいながら言おうとしているせいらしい。

「だから……あの、鞠乃のこと、鞠乃さんじゃなくて、えっと……鞠乃、って……」

呼んでほしいんです。

言い終わると、鞠乃は恋の告白でもしたように、顔を隠して体を丸めて照れてしまった。

章吾はぽんと鞠乃の小さい頭を叩く。

「鞠乃って、呼んでいいんですか？」

「嬉しいです。いままで、鞠乃って呼ばれたことがないですから」

え、と章吾はほんのわずかに眉を寄せたが鞠乃は気づかなかったらしい。

「先生が、きっと初めてだと思いますから……先生にだけ、そう呼んでほしいんです」

いままでの恥じらいから今度は期待に満ちた目で、章吾を見上げてくる鞠乃。

「じゃあ……鞠乃」

「はい！」

「鞠乃？」

「わあ……先生……」

鞠乃は章吾に抱きついて甘えた。柔らかい髪が、首筋をくすぐる。章吾はもう一度鞠乃を抱き寄せた。やがて鞠乃は、章吾の胸で、安心しきった顔で眠ってしまう。

――蕎麦屋のおやじが、せわしく出入りしながら昼間言ってた。

よかったねえ、お兄さんがいて。

鞠乃ちゃん、呉石荘が取り壊されたらどうするんだって、前の大家さんたちずいぶん心配していたからね。行くあてがないならうちで引き取りたいってずいぶん真剣に言ってたけど、こんないいお兄さんがいるなら安心じゃないか。

行くあてがない……。

――いままで、鞠乃って呼ばれたことがないですから。

普通、親や肉親や誰かしらが、そうやって親しみを込めて呼ぶんじゃないか？

にゃうんと細い声がした。

薄暗がりに、いつの間にか真っ黒なあきがいる。

この子の家族は、本当に猫だけなのか……今度、彩音さんにでも聞いてみようか。

考えながら、章吾もやがて眠りに落ちていった。

今日は鞠乃を抱いている間、章吾は一度も吉野を思い浮かべることはなかった。

たぶん今夜は、その夢も見ない。

第4章　長い午後

目覚めると、すぐそばに鞠乃の寝顔があった。

ほんのわずかに唇を開いて、くうくう寝息をたてている。章吾はそっとほほえんだ。

窓からは、今日もまぶしい朝の光が差している。呉石荘に来てからは、毎日が、晴れた日ばかりだった。

「……んー……」

鞠乃も何度か寝返りをうち、目をキュッと閉じたり擦ったりして、目を覚まそうとしているらしい。おはよう、と、章吾は声をかけてみた。

「先生……おはようございます……」

鼻にかかる起き抜けの声で鞠乃が答える。章吾は座卓の上の時計を見た。いつもなら、そろそろ朝食を終える時間だ。

「どうも、寝過ごしてしまったようですね」

「ふえー……」

鞠乃は困り顔で眉《まゆ》を寄せ、ころころ2、3度転がった。起きようにも、頭がついていかないらしい。昨夜、風呂《ふろ》から布団まで、濃いめに楽しんだので疲れたかな。

「鞠乃は、まだ起きたくないみたいですね」

「なんだか、こうして、先生の隣で寝ていたいんです……もっと……ずっと」

鞠乃は眠そうな顔のまま柔らかく笑うと、章吾に近寄って甘えてきた。シャンプーの甘い香りがした。たしかに、この気分を終わらせるのはもったいない気がする。

「まあ、ラップトップをここへ持ってくれば、寝たままでもなんとかなりますけど」

「えへへ……じゃあ、今日はずっとゴロゴロしてましょうか？」

「そうですね。いいかもしれ……」

なあう！

にゃおおう！

んなーお。

にうー。

――目つきから訳。

起きな！（はる）

ゴハンゴハンゴハン！（なつ）

自分たちばっかりー（あき）

ずるいんじゃないの？（ふゆ）

「……起きないと、ダメみたいです……」

鞠乃がさみしそうに指をくわえた。たしかにこの場は諦《あきら》めるしかなさそうだ。

「じゃあ、私たちも朝ご飯にしましょうか。お願いしますよ、鞠乃」

「はいっ！」

呼ばれていきなりスイッチが入ったように鞠乃は飛び起きた。ぱたぱたぱたと元気良く廊下へ走っていくと、猫たちもあとをついていった。

朝食は今朝も焼き魚だったが、昨日よりも失敗は減っていた。明日はもっと減っているかもしれないが、3日連続焼き魚はさみしい。今度、鞠乃に何か料理を教えてやろうか。焼きうどんくらいなら、すぐ覚えるだろう。

などと平和に考えながら、章吾は午前中の仕事を始めた。

洗濯機の回る音が聞こえてくる。昨日は章吾の休みに付き合ったぶん、今日は鞠乃もたくさん仕事をするつもりらしい。洗濯のあとは風呂場の掃除や、買い物も行く予定だと言っていた。

「本当は、先生とずっと仲良くお布団に入っていたいですけど」

「彩音さんに知られたら、私も鞠乃もお仕置きですね」

「それはダメです！　鞠乃だけならともかく、先生まで」

「じゃあ、今日はお互い仕事をがんばって、明日は、ゆっくりデートしましょうか？」

「デートですか？　うわあ……鞠乃、デートに誘われたのは初めてです……」

頬《ほお》を染め、眉を下げて幸せそうに笑った鞠乃を思い返すと、キーを叩く手もしぜんとはかどる。

「先生」

そこへパタパタ足音がして、鞠乃が部屋にやってきた。

「なんですか？」

ちょうどいま、鞠乃のことを考えていましたよ。と言おうとしたが、

「お電話です。担当の、桃瀬環さんからです」

「……ああ」

環と聞いて、平和な気分はぴたりと終わった。

「今日の午後、打ち合わせに、伺ってもよろしいでしょうかって」

そんなこと、前は訊《き》かなくても勝手に来たくせに。いやそれより、なぜ直接私の携帯にかけてこないんだ？

章吾はつい思いきり苦笑した。

「いいですよ。いらっしゃるならいつでもどうぞ、と伝えてください」

「あの……お電話、代わらなくてもいいですか？」

呉石荘の電話は昔ながらの黒電話なので、子機をこの部屋まで持ってくる、といったことができないのだ。

「必要ないです。伝言だけで」

そのほうが、向こうも安心だろう。

＊

「や、だめだよ……こんなところで、ッ」

「嘘《うそ》つくなよ。こんなところでするのが好きなんだろ？」

「ちが……あ、ん……あ……」

いや、と空は鋭く声をあげそうになり、あわてて唇を噛《か》みしめた。翔馬はまるでかまわずに、空のジーパンに手をかけて、ぐっと膝《ひざ》までおろしてしまう。

「ジーパンだと、人が来たときにすぐに履けないな。もしも誰《だれ》かがここへ来たら、空は、お尻を丸出しにして、男とセックスしているところを見られるわけだ」

言いながら、翔馬は空のヒップを撫《な》でて、白いショーツもむいてしまった。言われたとおりに丸出しにされて、空のお尻がスウスウした。しぜんに、割れ目がキュッと窄《すぼ》んだ。

「なんだ、見せただけでもう感じてるのか？　この、いやらしい大きい尻が」

こんないやらしい尻はお仕置きだ、と、翔馬は空のお尻を叩いた。パチン！と大きな音がして、お尻の山がふるふる震えた。

「ああ」

お仕置きの恥ずかしさに頬を熱くして、目には涙を浮かべながら、それでも、空はおろされてしまったショーツを自分からはもとに戻さない。

だってボクは、身も心もお兄ちゃんのものだから。双子のもうひとりのちーちゃんと、子どものころ、お兄ちゃんの取り合いをしたころから、ボクはずっと、本気でお兄ちゃんが好きだったの。だから、久しぶりに再会したときは嬉《うれ》しくて、初めての人がお兄ちゃんだったことも嬉しくて。お兄ちゃんが、少しずつ、その……いけない、エッチのやり方を、ボクに教えてくれるのも、ボクは、ふたりの秘密が増えるみたいで……嬉しかった。

「ほら。脚を開いて、もっとこっちへ尻を突き出せ」

「……うん」

だから、こうして大学のキャンパスのトイレで壁に手をついて、お兄ちゃんにお尻を差し出すのも、ボクは、それがお兄ちゃんの命令なら受け入れる。

でも……。

「うっ、あ！……ああ……」

翔馬の手が、後ろから空の股間《こかん》にあてられて、意地悪な指が、あそこと、後ろの、アヌスを同時にクチクチと刺激する。空が翔馬に教えられてしまった、いけないエッチの快感のひとつ。お尻の穴を、お兄ちゃんにいじめてもらうと、ボクは、すぐ前のあそこもいっしょに感じて、熱いものが、ビュウビュウっていっぱい、出てきちゃうの。

空はくすんとしゃくりあげた。恥ずかしさよりも、つよすぎる快感に頭が痺《しび》れて、涙腺《るいせん》が弛《ゆる》んでしまうのだった。

「どうだ、こうされるといいんだろ？　前と後ろと、両方に入れてほしくて、たまらないだろ」

「……ん、あ……あ……」

もちろん答えることなどできずに空はただ首を横に振る。お兄ちゃんのしてくれることなら、なんでも好き。でも、でもねお兄ちゃん。ボクにないしょで、千紗都とこっそり会っていること、ボク知ってるよ？　お兄ちゃんは、千紗都とふたりで、何をしてるの？ボクにしてるみたいなこと、千紗都ともしているの、お兄ちゃん……。

「んああ！　あっ！」

せつない空の想《おも》いはとぎれた。翔馬に腰を抱えられ、入り口に熱いものをあてがわれる。翔馬は後ろを使おうとしていた。息を吐き、空は圧迫感に耐える準備をする。

「んうう……」

でも、入れられてしまうと、辛《つら》いのに、不思議に気持ちがいい。たぶんボクは、子どものころから、お兄ちゃんに叱《しか》られて、お仕置きされるのが好きだったから。

「あっ！　あっ！」

翔馬が空の腰を揺すった。ああ、ダメになる。もっと気持ちよくしてほしい。ボクのお尻に出してお兄ちゃん。ボクおトイレに行きたくなるけど、ガマンするから。お兄ちゃん……。

＊

「メインのプレイシーンはこんな感じですけど、そのあとは」

章吾は環が途中まで読み終えたのを見計らい、用意しておいた続きを渡した。

＊

「……これ？」

翔馬の渡した包みを開いて、空は呆然《ぼうぜん》と目を見開いた。

中には、プラチナに小さなダイヤをはめたリング。照れを隠す無愛想な顔の翔馬がうなずいて、空は、それを薬指にはめてみた。

「すごい……ボクの指にぴったりだよ、お兄ちゃん……」

「当たり前だろ。千紗都にいっしょに選んでもらって、あいつに試してもらったんだ」

「え……」

「お前たちは双子で、靴もスリーサイズも同じだろ？　だったら、指輪も同じサイズに決まってるからな」

「……」

「千紗都には文句を言われたよ。兄さまが空に贈るエンゲージリングを選ぶのに、どうして私が付き合うんですかって。おかげで千紗都にもペンダントをねだられて買ってやるはめになって、高くついた」

すっかり困った顔でため息をつく翔馬に空は抱きついた。

「ありがとう！　ありがとう、お兄ちゃん……」

目頭が熱い。でも、いまの涙は恥ずかしくない。ボク、お兄ちゃんを信じてよかった。

「メソメソ泣くと、またお仕置きだぞ」

「あはは……」

嬉しいよ。ずっといつまでも、ボクのそばで、ボクだけにお仕置きしてね……。

＊

「というオチになるわけです」

どうです？と、章吾は環を覗《のぞ》き込んだ。

「これなら、ヒロインと男はお互いに合意で楽しんでいるし、最後にヒロインも幸せになれる。環さんのお気に召すように、私も工夫したんですよ」

「……」

環は何も言わずうつむいたままだ。プロットも、果たして本当にきちんと読んでいたのだろうか。

「ただ、読んでもらえればわかるとおり、この話のヒロインは、第一回のヒロインの双子の妹なんですね。男はたしかに今回のヒロインに指輪を用意しているが、じつは……という部分もある。そのへんをどうリンクさせるかは、読者の想像にまかせますが」

章吾はかまわず説明した。こうしたちょっとした仕掛けや伏線は、もともと好きで得意だった。仕事のカンも、かなり戻ってきたのだと思う。物語にも明るい路線が見えてきている。みんな、鞠乃のおかげかもしれない。

「……どうですか。環さんの感想をいただけますか？」

ぱさ、と環は手もとから、章吾の渡した草稿を落とした。

「環さん？」

見せないように気をつけたが、章吾は少しうんざりしていた。来たときから、環は思い詰めたような顔をして、挨拶《あいさつ》以外、ほぼ口をきかない。この間の件がまだ尾をひいているのは確実だが、とくに章吾をののしるわけでも、冷たく睨《にら》むわけでもない。ならば、と章吾はあえて何もなかったような顔をして、仕事の話に取りかかった。それなのに、これでは対処のしようがない。

「……とりあえず、あやまればいいですか」

章吾はタバコに火をつけた。

「どうすればいいかだけでも、言ってください。私を訴えるなら、早めにどうぞ。私としては、あれは合意の上であったと主張したいところなんですがね」

「……」

環の唇がわなわな震えた。桜色の爪の細い指先も、同じように細かく震えている。

「環さん」

「……ごめんなさい！」

環はいきなり泣き出して、その場に倒れ伏すようにうつむいた。

「私が無神経だったことは反省します。だから、先生、どうかそんなに怒らないでください。私を、嫌いにならないで……」

小さな子どものようにしゃくりあげ、環はお願い、お願いと繰り返した。意外な事態に章吾は少し驚いて、まだ長いタバコを灰皿で消した。

「私こそ、環さんは怒っているだろうとばかり思っていましたよ」

環は必死に首を横に振った。

「私は、あれから、先生のことばかり考えていました。私の生意気な考えが、先生を怒らせて、しかも、私は口では偉そうなことを言いながら、先生の前で、あんな姿を……」

——思い出すたびに、体が熱くなりました。でもこの熱さは、恥ずかしさのせいばかりではないように、だんだん思えてきたんです。

「私は……編集者として、客観的に、先生を見なければいけない立場のはずなのに……私は、私は、先生のことを」

「もういいです」

章吾は優しく環の肩に手をかけ、ことばを止めさせた。

「環さんのおかげで、新しい長編の構想も決まりましたから」

「本当に？　それは、どんな物語なんでしょう」

環はそっと顔をあげ、涙に濡れた目で章吾を見た。希望の中に、ほんの少しの媚《こ》びを含んだ、涙に濡れた環の目。章吾の官能が刺激される。この女性なら、いけるかもしれない。これまでフィクションとして描いた世界を、そのままに、共有できるかもしれない。

「ヒロインは、若く、知性的で、良識を頼りに生きてきた女性編集者です」

「え……」

環の表情が凍りついた。

「そのヒロインが、乱れた欲望の世界に染まり、奴隷として堕《お》ちていきながらも美しく輝く。そんな内容にするつもりです」

「……」

「わかりますね？　いい小説を書くためには、これからも、環さんの力が必要です」

肩に置いた手に、章吾はぐっと力を入れた。いくらか、命令のニュアンスを込めて。

「わ、私は……」

環はまだ細かく震えていた。

「いいですね？」

耳もとで低く囁《ささや》いてやると、環はびくんと背筋を震わせ、脱力したようにうなずいた。

「じゃあ、まず、乳房を出して見せなさい」

「あ、の」

「これからは、環さんは私の奴隷です。奴隷が、主人に服を脱がせてもらうのはおかしいでしょう？　言われなくても乳房を見せて、かわいがってくださいと言うべきです」

「……」

「早くしろ！」

章吾はわざとつよい調子で環を責めた。環はびくっと頬を熱くして、おずおずと、スーツのボタンに手をかける。相変わらずきつそうな胸もとのボタンが外れると、フルカップのブラに包まれた谷間があらわれた。章吾はわざと呆《あき》れた声を作って言った。

「環さんは淫乱《いんらん》な奴隷のくせに、そんな下着をつけているんですか」

「……すみません……」

淫乱な奴隷、と言われても、環は否定しようとしない。いい調子だ。

「今度からは、もっと卑猥《ひわい》な下着をつけてくるように命令します。いいですね？　見ただけで、私が欲情するような下着を用意して、最初から身につけてここへ来なさい」

「……そんな……そんな下着、どこで手に入れればいいんでしょう」

「そんなことは自分で調べなさい。彩音さんに相談してみたらどうですか？　私という奴隷にふさわしい、いやらしい下着のある店はどこか、と」

環は唇を噛んでうつむいた。だが、その目は密《ひそ》かな快感に潤んでいる。章吾にことばで責められることが、環を感じさせているに違いない。

「さあ、とりあえずその邪魔な下着をすぐ外して、乳房を全部さらしなさい」

「わかりました……」

環は背中に手をやって、洋服ごしにホックを外す動きをした。この前と同じに大きな乳房を締めつけるように包んでいたカップはあっさりはらりと落ちる。真っ白で、迫力のある乳房が飛び出した。章吾はこっそり唾《つば》を飲んだ。

背中を丸めて環が乳房を隠そうとした。

「何してるんです。もっとよく、胸を突きだして、いやらしい、大きい乳房をじっくり主人に見せるんですよ。そうして、この……」

大きい、と言おうとして章吾はやめた。ここは、具体的な数字が欲しい。

「環さんのバストは何センチですか」

「え……あの……あ……」

言えません、と、困りきった顔でうつむく環。

「いまさら隠す必要もないでしょう。90ですか？　95ですか？」

「……」

「言わないなら、この部屋にうちの猫たちを呼んで、環さんの乳首を舐《な》めさせます」

「いやです！　それは、勘弁して」

環は悲痛な声をあげる。本当に、アレルギーで猫が苦手らしい。

「じゃあ、正直にオッパイの大きさを言いなさい」

「……はい……ひゃ、101センチです……」

「101センチ!?」

ついつい、章吾は主人の口調も忘れ、びっくりして環をまじまじと見た。

「いやっ」

これまで見たこともないほど赤くなり、環は乳房を覆ってうつむいてしまう。はぁー、と章吾は感嘆したいところを抑え、巨乳美人を調教する主人として冷静にふるまった。

「こんなに体は細いくせに、オッパイだけが101センチですか。相当、いつもいやらしいことばかり考えて、ひとりで揉《も》んで膨らませたんでしょう」

「ち、違います……ちが……」

「いいから、隠すのを止めてお乳を見せなさい。それから『私の101センチのオッパイがうずいてたまらないので、どうかいやらしいことをしてください』と、私にお願いするんです」

「そんな」

悲しげに、環は自分の乳房を抱えて見下ろしている。

「猫を呼びますか？　ついでに、鞠乃も呼んできましょうか」

黙って首を振る環の両目に、きれいな透明の雫《しずく》が浮いた。だがその涙も、いまの章吾には欲望をそそる小道具に見える。

「いつまでも隠すつもりなら、罰としてこれでお仕置きします」

章吾は自分の腰にしていたベルトを抜いた。

「え。あ。あ！　いや……ああ……」

章吾は胸にあてた環の両方の手首をひとつにまとめ、ベルトで絡めて、縛りつけた。比較的柔らかな革でできているベルトは程良く手首に食い込んだ。両手を上に、乳房を突き出す格好で、環は拘束されてしまった。深い胸の谷間に章吾は顔を寄せてみた。甘い香りに、ほんのわずかに汗の混じった匂《にお》いがした。章吾はしぜんに下から乳房を持ちあげ、かるく揉みながら乳首を吸う。いやいやと口では言うくせに、乳首は口に含まれる前から、勝手に興奮して勃起《ぼっき》していた。すべすべした手触りと丸みを楽しみながら、章吾は無心に乳首を味わう。

「ふ、あ、あん……あ……あ……」

音をたてて乳首を吸われると、環はほとんど抵抗せずに、すぐうっとりした声を出した。

「感じてますね」

「う……」

「私の言ったとおりなんでしょう？　こうされると……される前から、いじめられて、調教を受けるのが嬉しくて、オッパイの芯《しん》がうずいていたんでしょう」

「アゥッ」

章吾につよく乳房を揉まれて、環はウッと眉をしかめた。けれど章吾の手が乳房から放れると、環は、一瞬さみしそうな顔になる。

「正直に言うんです。言うと、もっと気持ち良くなれますよ」

章吾は環を励ますように、囁いて、そっと指先で乳房を撫でた。

「あ……はあ……あ……わ……わ、た……」

苦しむような息に混じって、環の形のいい唇から、少しずつ、ことばが漏れてきた。

「わたしは……私、の……ひ……ひゃく……」

「うん」

「ひゃく、1センチの、お、オッパイ……オッパイが、うずいて……」

環はシクシク泣き出した。泣きながら、言われたとおりにおねだりをした。

「オッパイが、うずいて、たまらないので、どうか、い、いやらしいことを、してくださ
い」

ああん、と幼い子どものように環は泣いた。よしよし、と章吾は環のきれいな長い髪を撫でてほめてやる。

「よく言えました。じゃあ、望みどおりかわいがってあげますよ」

「あっ」

章吾は環を床に倒した。ぶるん、と乳房が大きく揺れて、環は床に仰向けになる。章吾は環にまたがって、上から揉み込むように荒々しい動きで乳房を回した。

「う、ふうっ！　うう……」

「こうですね、こういうふうにされるのがいいんですね？」

「んあ……」

「乳首もいじってほしいんですか？　この、コリコリしてちょっと皺《しわ》になっている乳首をいじられて、体の中心が痺れるくらい、環さんは気持ちよくなりたいんですね？」

「うう……はい……」

白い乳房は章吾にさんざんもてあそばれて、全体に赤くなっていた。本当に、章吾に揉まれる前よりも、いくらか膨らみが増した気がした。

さて。これだけ乳房を責められれば、すでに、淫乱な奴隷のあそこは、どうしようもないほど濡れているだろう。

章吾は環のスカートを脱がせた。短いタイトスカートは、ファスナーを下げて引っ張れば、苦もなく脚から抜けてしまう。スカートの下、環は焦げ茶色の腿《もも》のところまでのストッキングと、紫のショーツを履いていた。ショーツの中心、あそこの割れ目の部分はもう、予想したとおりグッショリで、見るなりわかるシミつきだった。しかも割れ目の一番上から、奥にいくにしたがって、シミは大きくなっている。何度かそこを寄り合わせたらしく、布は割れ目に食い込んでいた。章吾はまた、呆れて軽蔑したかのように言う。

「どうしました？　大人のくせに、環さんは、オシッコを漏らしたんですか」

「いいえ」

「じゃあ、どうしてここがこんなになってるんです」

「う、ああッ」

濡れた部分を章吾に容赦なく擦られて、環は仰向けで縛られたまま、お尻をモジモジ振って抵抗した。

「どうしてですか？」

「それは……ち、乳房を、刺激されて……」

「淫乱なメス奴隷の本能で、こっちもいじられたくなったんですね」

「ほ……本能……？」

「ええ。環さんの中には、もとから、拘束された奴隷として扱われて、主人である男に言われるままに、辱《はずかし》められたいという本能があるんです」

章吾は環の膝を抱えて、乳房の両脇《りょうわき》まで大きく開いた。あっと環は声をあげるが、両手の自由もきかないままでは、なんの抵抗もできないらしい。

「どうですか？　男の前でこういういやらしいポーズをとるだけで、体中の血が、あそこに集まるような感じがするでしょう」

「んう……」

「ショーツを脱いで、あそこをじかに見られてたくさんいじってもらって、気持ちよくなったら、割れ目のパックリ開いたところに、男のものをはめてほしいと思うでしょう」

「は……」

言いながら、章吾はじっくりゆっくり、環の割れ目をショーツごしに撫でる。もちろん、そんな本能などでっちあげだ。だが、本能だと暗示のように教え込み、罪悪感を捨てさせれば、環はより深く淫《みだ》らな行為に溺《おぼ》れるだろう。

「どうですか？　ショーツを脱がせてほしいですか？」

「……はい」

「では、言いなさい」

「どう言うのですか」

「そんなこと、自分で考えて言いなさい」

環は開脚したままで、左右に、視線を泳がせた。それから、唇を震わせて、消え入りそうな声でつぶやく。

――ご主人様に、私の、恥ずかしいところを見ていただきたいので、どうか、ご主人様の手で、私の、ショーツを脱がせてください。

「ふん」

いまの台詞は憶《おぼ》えておいて、あとで長編で使わなければ。

「たいしておもしろくないですが、そんなに言うなら見てやります」

紫のショーツを尻から先にむいて脱がせて、太腿のあたりでひっかけた。はあ、と環は安堵《あんど》したような息を吐く。ショーツの布地が糸をひくほど、そこはベッショリ濡れていた。蜜も相当の本気レベルで、股間全体が透明な膜で覆われたように光っている。これも、章吾が直接刺激したことより、奴隷として調教されるという状況のせいに違いない。

「この間、自慰をしたときよりも濡れていますね」

「すみません……」

「見られたら、あとは、環さんのここはどうなるんでしたっけ？」

「……い、いじられ、ます……先生に……あ、ご主人様、に」

「こんなふうにですか？」

ひんと環は高く啼《な》いた。クリトリスがかなり敏感なのは、この前からわかっていることだ。指の関節を曲げて刺激してやると、環は乳房をユサユサ揺らし、脚をしぜんにさらに開いて、もっといじってとおねだりした。

「環さんは、いま、どこが気持ちいいのか言いなさい」

「あ……あのっ……」

「ここですよ？」

「はうッ……く、クリ、トリス……です……はああっ……」

いやらしいことばを口にして、環はまた解放されたようにうっとりした。そろそろ、仕上げにかかってみようか。

「それで、最後はどうするんですか」

「……あ、あの……それは……」

環はわずかに頭をあげて、章吾の下腹部のあたりをチラリと見た。

「でも、先生、私、あの」

「どうしました」

環は困った顔をしている。それは奴隷としてではなく、本気で何かある顔だった。

「……最後は、どうしても嫌ですか？」

少し考えるような間があってから、環は首を横に振った。

「いいんです。先生なら」

「まさか、初めてなんですか？」

章吾の疑問に、環は不満そうな顔をした。

「だって、当たり前じゃないですか。私、私は……自分が、こんな人間だなんて、これまで、知らなかったんです……」

——でも、先生なら。

両手を縛られ、服の前を開けて乳房をさらし、ショーツを半端に脱がされて開脚させられた姿勢のままで、環は、目を閉じてうなずいた。

「教えてください……先生のもので……」

それは、知性と良識で身を守り続けた美しい女性が、男に貫かれ、所有され、みずから奴隷に堕ちることを受け入れた、神聖な瞬間でさえあった。と、章吾の中でフレーズが浮かんだ。

もちろん推敲《すいこう》はあとまわしだ。章吾は環の腰の両側に手をついて、自分のものを熱い入り口にあてがった。

「挿入しますよ」

わざと、挿入と口に出して言ってから、章吾はゆっくり侵入する。たしかに、相当濡れているとはいえ、内部のきつさは処女のものだ。

「ん……グウッ……う……はあ……」

メガネの奥で、閉じた目をさらにきつくして、環は懸命に耐えている。痛いのだろう。だが、乳房や腰の発達からして、たとえば幼い鞠乃より、環の痛みは少ないはずだ。何より、こうして処女を失うことで、環自身、精神的にさらに解放されていくはずだ。先端の太いところがめりこむように中に入った。あとはもう、一気にいくほうがいい。何かひっかかるのもかまわずに、章吾は力で押し入った。熱く密度のある肉の感触。かなりいい。

「……ふうっ……ん……」

つながってしまうと、環は、早くも甘い声をあげた。初体験ではわからないが、教えれば、すぐに入れられてイクことも覚えそうな感じだ。章吾は環の上で動いてみた。ああ、はあと環は眉を寄せてせつない息を吐く。乳房は上下左右に揺れる。１０１センチは伊達《だて》ではない。見ているだけで、クラクラした。

「どうですか。あそこに、男のものをはめられた感想は」

それでも、章吾は環を調教する立場を忘れない。でなければむしろ危険だった。章吾自身、こんな美人でしかもすごい体つきの女性は初めてで、ヘタをすれば逆にこの快楽に溺れてしまうように思えたのだ。

「……痛い、です……ああ……ん、あ……」

「でも、どこかで気持ちがいいんでしょう？　入れられて、いやらしいことをされるための奴隷として、役目を、果たしているんですから」

言いながら、章吾も自分のことばでのぼりつめていく。腰の動きが激しくなる。

「うあっ！　ああ……わかり……ませんっ……ああ……」

「いいですよ……環さんのここは、気持ちいいです……」

乳房に手をやり、揉みしだいた。キュッとあそこもまた締まった。縛られたまま、章吾にすべて身をまかせ、初めての経験にあえぐ環は、まさに、従順な奴隷と呼ぶのにふさわしい。淫乱な奴隷。こんな奴隷とセックスして、奴隷に種つけをしてやる私。

「う」

章吾のものが爆発しかけた。あわてて、中から抜き出して、環の腹の上にかけてやる。髪にも、メガネにも乳房にも、章吾の白い雫が飛んだ。

「ああ……」

奴隷の喜びを味わうように、環は、いつまでも目を閉じたまま、章吾の精子を浴び続けていた。

「失礼します」

終わったあと、環はやはり章吾を見ないまま、プロットだけを持って帰っていった。

だが、表情はこの前とはまるで違う。環はまだ心地よい夢を見ているかのような、みたされた薔薇《ばら》色の頬をしていた。

——まあ、とにかく。

調教がいいことかどうかはわからないが（たぶん良くないことだろうが）、環が今後、仕事のことで章吾を悩ませることは減りそうだ。

章吾はさっそく、いまの体験をいかして長編を始めた。いくらか体は疲れていたが、キーの運びは順調だった。

いつの間にか、夕食の時間になっていたことに、章吾は台所からの匂いでやっと気がついた。今日はカレーか。この匂いは、カレー以外にない。子どものころ——いや、すっかり大人になってからでも、夕方、歩いていて道端の家からカレーの匂いがしてくると、羨《うらや》ましくなり、いっそう、空腹をつよく感じたものだ。だが今日は、この家の前を通る誰かが、きっと私を羨ましく思うのだ。

ただし、本当に羨ましいものかどうかは、食べてみなければわからない。悪いが、料理したのは鞠乃だからだ。

「――いや。申し訳ないです」

ところが、居間で出されたカレーを一口食べて、章吾は心で疑ったことを鞠乃に詫びた。

「……先生？　辛すぎてダメでしたか、このカレー」

「違いますよ。とてもおいしかったので、つい」

章吾が事情を説明すると、鞠乃はちょっとだけ拗《す》ねたがすぐに笑った。

「ライスカレーは、鞠乃の得意料理ですから」

「得意は猫まんまだと思ってました」

「う、それも得意ですが……カレーだけは、特別なんですよ。お父さんが、ひとつだけ作ってくれた料理なんです」

「お父さん？」

「はい。カレーなら、一度たくさん作っておけば、それで何日か保《も》つからって」

「……」

「だけど、お父さんのカレーは辛いから、鞠乃はなかなか食べられなくて……少しずつ、自分で工夫して味つけを変えて、覚えました」

「そうですか」

「でも、やっぱりもともとがとても辛かったので、いまも辛いかもしれないです」

スプーンの先をくわえたまま、鞠乃は不安そうにうつむいた。

「大丈夫。私は、辛口が好きなんです」

そういえば、吉野も辛口が好きだった。入院してからは食べられなかったが、家ではよく、好みのカレーを作っていた。カレーには、どこの家にもその家の味と思い出がある。道でカレーの匂いをかぐと感じるあの気分には、きっと、ノスタルジーも含まれるに違いない。鞠乃にとっても同じなのだ。父の味……鞠乃が、初めて口にした、猫たち以外の、家族のこと……。


その日の夜は家中がカレーの匂いにひたされていた。

風呂に入って、鞠乃と並んで布団に入っても――とらの占領はもう終わっていたが、やはり鞠乃はここで寝ていた――やっぱり、お互いからカレーの匂いがする気がした。

「……なんとなく、今夜はする気分になりにくいですね」

「えへへ」

章吾が言うと、鞠乃も照れたように笑って同意した。本当は、環との激しいセックスのせいもあるのだが、そんなことはむろん、おくびにも出さない。環を抱いたことに後悔はないが、鞠乃に知られたくはないと思う。これは、罪悪感かもしれない。私の中で、鞠乃の存在が、日に日に大きくなっている証拠かもしれない。

「そういえば、鞠乃」

章吾はさりげなく聞き出した。

「なんですか？」

「さっき、カレーの話をしたときに、お父さんのことを言いましたね」

「はい、言いました」

「鞠乃のお父さんは、どこにいるんですか？」

蕎麦《そば》屋のおやじは、鞠乃に行くあてがないと言っていたが。

「亡くなりました」

鞠乃は、さらりと口にした。

「ずっと前……7年くらい前だと思います。彩音さんと、初めて会ったのも、そのときでした」

「彩音さんと？」

「彩音さんは、お父さんが死んだって、鞠乃に伝えに来たんです。でも、鞠乃、そのときについ勘違いしちゃって……お母さんが来てくれたんだって、思ったんです。それで、彩音さんを、ママって呼んでしまいました。でも、そのときは、彩音ママは……彩音さんは、違うって言わないで、鞠乃を撫でてくれたんです」

——だから、鞠乃はそれからずっと、彩音ママって呼んでるんです……。

話しながら、鞠乃の瞼《まぶた》が、少しずつ、重くなっていく。もう眠いらしい。

おやすみとそっと囁いて、章吾が腕枕《うでまくら》をしてやると、すぐに鞠乃は、静かな寝息をたて始めた。

章吾は鞠乃の寝息を聞きながら、薄暗い天井を眺めて考える。

お父さん……カレーを作り、それを何日も食べさせたらしい鞠乃の父。だが、7年前にその父が死んだとき、鞠乃にそれを伝えたのは彩音だった。その彩音を母親と

間違えたということは、当時から、鞠乃に母親の記憶は乏しかったということだ。そして、彩音と鞠乃はいまもいっしょに暮らしていない。

少しずつ見えてはいるものの、すぐ横にいる少女がどういう少女で、どうしてここにいるのかは、相変わらず謎《なぞ》のままだった。

妙な気分だ。

章吾は薄暗い中でひとりでそっと苦笑した。

私が吉野への想いにとらわれて苦しみ、眠れなかったときには、鞠乃が安らかにしてくれたのに、いま私は、鞠乃のことを考えて、眠れずにいる。

第5章　夕立のあと

それから数日、章吾は、集中して長編の執筆に打ち込んだ。

＊

環はその草稿を読み始めた。床に仰向けに転がされ、子どもがオムツを替えるときと同じ姿勢で、淫《みだ》らに大きく開脚したまま。

「た、環、は……あの、ときのことを……思い……ああ……」

「もっとしっかりと読んでください」

作家は環の目の前に草稿を突き出す。

「う、あ……あの……あのとき、感じた、け、嫌悪感も……苦痛、も……」

うう、と唇を噛《か》んで目を閉じて、環の声は止まってしまう。

「どうしました」

「せ、先生……私は、もう……」

自慰だけでは、満足できなくなっています。

だが、そんなことばは作家の草稿には書かれていない。みずからのヌルヌルした蜜《みつ》で透明に光る指を秘所にあて、左右に開いて広げたままで、環は、せつなく腰を振った。

この草稿は、先生が書いた、私のための、物語。

彼が見ている前でそれを読みながら、私は、自慰をすることを強《し》いられている。本来なら、誰《だれ》にも見られたくない行為を……一番、見られたくない人の前で……。

「ああ」

作家のものをねだるように、環は秘所を丸出しにして、さかんに腰を振り続ける。早く欲しい。早く、先生のもので貫いてほしい。初めての日から……半ば強引に貫かれたあの日から、私は、官能小説さながらの責めを、先生から、受け続けている。草稿のとおり、初めは嫌悪感しか抱けなかった行為。けれど、繰り返され、何度も快楽の毒を浴びせられ、はしたなく絶頂を繰り返すうちに、私は……。

「あはあ」

耐えきれず、環ははしたない声をあげ、泣きながら願いを口にした。

「お願いします……ご主人様ぁ……私は、いやらしいメスなんです……頭の中が、ここを気持ちよくしていただくことしか考えられない、駄目なメスです……」

言うだけで、環は半分達してしまいそうなほど体が熱くなる。秘所からは、勢いよく蜜が吹き出してくる。解放感とともに環は続けた。

「ああ、どうか……どうか、この頭の足りない淫乱《いんらん》に、ご主人様の、逞《たくま》しいもので、たくさん、お仕置きしてください……」

＊

ふう……。

ラップトップを見つめ続けて目が疲れた。ちょっと、一休みしようかな。

窓を開けて夜の風を入れながら、タバコをくわえ、火をつける。

しかし、環さんがこれを見たら怒るかな。

まあ、どうしてもと言われれば、発表時はヒロインの名前を入れ替えればいいんだし。

「先生。いいですか？」

障子の外で鞠乃の声がした。

「どうぞ」

「お仕事のじゃましちゃったらすみません。コーヒーをいれたので……」

漆《うるし》のお盆にコーヒーカップを乗せて鞠乃が入ってきた。足もとから猫たちも様子を見ている。ありがとう、と章吾は差し出されたカップを受け取った。

「お仕事の進み具合はどうですか？」

「鞠乃がよくお世話をしてくれるので順調です」

コーヒーはとてもうまかった。いつの間に、私の好みを知ったのかな。

「今晩中には、一段落しますから……明日は、約束どおりデートしましょうか？　この数日、のびのびになっていましたから」

「えっ！　本当ですか？」

「ええ。明日1日くらいなら、お休みしても大丈夫です。鞠乃は、どこへ行きたいですか？　映画とか、車を借りてドライブとか……それとも、やっぱり遊園地かな」

「どうしよう……みんな楽しみです……」

鞠乃の目がキラキラ輝いた。

「それじゃあ、コーヒーもいただいたことだし、今夜はあと一息、がんばりますよ」

「はい！　何かご用があったら、いつでも言ってくださいね！」

お盆を抱え、鞠乃は猫たちと部屋を出ていきかけた。そこでふと、気づいたように振り返り、少しだけさみしそうな目で章吾を見た。

「……じゃあ、今夜も先生はお仕事で疲れるので……なし、ですね」

赤くなって、パタパタとそのまま走り去ってしまう鞠乃を、章吾は目を丸くして見送った。意外だな。鞠乃が、そんなにエッチが好きだったなんて。

だったら、いずれ鞠乃にも、いまよりディープな楽しみを教えて……と、つい口元を緩めたところで、章吾ははっと気づいて真顔になった。

いずれ、とは、いったいいつのことなんだ。私と鞠乃に、そんな日は来るのか？

呉石荘での生活も、気がつけば半分以上過ぎていた。

約束だった10日が終われば、私はここを出なければならない。

そうしたら、私と鞠乃も離ればなれになってしまうのか？

そして、このアパートが取り壊されたら、鞠乃は、どこへ行くのだろうか。


「先生、先生」

翌朝、章吾は鞠乃に揺すり起こされた。いつの間にか、机に伏せて眠っていたらしい。昨夜はあれからついいろいろと考え込んで、思ったよりも原稿が進まなかった。

肩のタオルケットは、鞠乃ががかけてくれたものだろう。うーん、と章吾は首を回して伸びをした。不自然な姿勢で寝たせいで、体が痛い。しかし、予定分は消化しておかないと、鞠乃と出かけることもできない。

章吾はまだ鈍い頭を無理に起こして、ラップトップに向かおうとした。

「朝ご飯はどうしますか？　お味噌汁《みそしる》、すぐあっためますね。ご飯はおにぎりにして、お部屋まで持ってきましょうか」

「……うーん……」

「それと、あの……」

「朝食は、とくに希望はないです。鞠乃さんにおまかせしますから」

「鞠乃……さん……？」

鞠乃が小さく繰り返したが、章吾はとくに気に留めず、続きを焦ってキーを叩いた。

そこへ、章吾の携帯が鳴る。みんなして私の集中を切らすつもりかと、ついイライラしながら電話に出た。

「はい桜羽です。あ。彩音さんですか。え。……今日？」

章吾は鞠乃を振り向いた。鞠乃は、珍しく無表情で黙っている。

「そうですね……ええ……折り返し、こちらから電話してお返事します。すみません」

「いいです。鞠乃は、今日はデートできなくても」

章吾が電話を切ると同時に、鞠乃が早口でぽそっと言った。

「だから、ゆっくりお仕事してください」

「本当にすみません。編集長の、急な呼び出しで……鞠乃さんとは、必ずまた」

「ぅ……デートは、いいです！　彩音ママのご用ならしかたがないです。でも」

唇を噛み、目を潤ませて、鞠乃はくるりと身を翻した。そして、鈴の髪飾りを揺らしながら、ぱたぱたと走り去ってしまった。

「鞠乃……」

この家に来て、鞠乃が章吾にあんな態度を見せたのは初めてだった。だが、理由がいまひとつよくわからない。しかたない。ため息をつき、書きかけの原稿を保存して、章吾は編集部へ行く準備を始めた。

――ところで、あの子とうまくいってるみたいね。

編集部での仕事の話はほんのサワリで、彩音はいきなり、鞠乃のことを持ち出した。

「……うまくいってる、というんですかね」

「隠してもムダよ。作品に出るもの。いまあなた、精神状態がいいほうへ向いてるみたいじゃない？」

自分と鞠乃の関係は、彩音にはとっくにお見通しらしい。

「でも今日の様子じゃ、脳天気にあの子とイチャイチャしてるだけでもなさそうね」

「やめてください」

「まあ、たしかに10日間だけの同居だし……そろそろ、この先が気になるころよね」

当たり前の口調で彩音は章吾の心配をずばずば当てる。それで私を呼びだしたのか？

やはり、この人はどうも苦手だ。

「呉石荘がなくなると、あの子の居場所がなくなるでしょう」

「……ええ」

「でもね、じつは、呉石荘の元の大家のご夫妻が、あの子を引き取りたいって言ってるの。

自分たちの子どもはもうみんな独立してしまったし、あの子も、おじいさんおばあさんて呼んでなついていたし」

「ああ……」

そのことは、前に蕎麦《そば》屋のおやじも言っていた。

「父親が生きていたころは、なんであれ親は親としていたし、いまも、戸籍上は養母になってる叔母《おば》もいるから、ご夫妻も遠慮していたみたいだけどね」

「そのご夫妻は、鞠乃……さんを、大事に思ってくれているんでしょう？　だったら、いい話じゃないですか」

「ただ、あの子自身が、踏み切れてないみたいなのよ」

「……」

「まともな家族をほとんど知らない子だけに、迷いもあるんじゃないかしら」

「あなたは？　姉妹なんでしょう……鞠乃と暮らすつもりはないんですか？」

まるで他人事《ひとごと》のように鞠乃の話をする彩音が、章吾は少々憎らしかった。

「私？」

珍しく、彩音は心底から驚いた様子でまばたきした。

「私は、ダメね……」

彩音はフッと睫《まつげ》を伏せて、どこかさみしそうに笑う。

「私にとって、家族は、遠くにいるから愛せるもの。あの子にしても、私なんかが傍《そば》にいたら、ろくなことにはならないわ」

静かに続ける彩音のことばは、わがままに見えて説得力があった。自分を知っているからこそ、彩音ママ、という鞠乃の彼女に対するイメージを大事にしてやりたいのだろう。

「あなたはどうなの？」

彩音はいつものきつい視線で訊《き》き返してきた。

「あの子がいま、一番身近に感じている人間は、あなたじゃないかと思うんだけど」

「それは」

そのとおりかもしれないと、自分でも思う。だが、それが――章吾のもとへ来ることが、鞠乃の幸せかと言われれば、章吾には、即答する自信がない。私と鞠乃は出会ったばかりだ。私の心にいまも吉野が住んでいるように、鞠乃にも、心に住んでいる人がいるかもしれない。こんなふらふらした男より、鞠乃を愛してくれる老夫妻のほうが、家族として、鞠乃にふさわしいかもしれない。

「まあ、最後には、あの子自身が決めることだけどね」

「そうですね……」

話はそこでいったん途切れた。ところで、と章吾は前から彩音に訊こうと思っていたことを口にした。

「話が断片的で見えないんですが、あの子は……柴崎鞠乃という少女は、どういう育ちをした子なんです？　なぜ、鞠乃には猫しか家族がいないんでしょうか」

「それは、あの子に直接訊いてみたらいいわ。他人じゃないなら、できるでしょう」


午後の町は妙に蒸し暑かった。

久しぶりに乗り物を使う外出をして疲れた体に、まとわりつくような空気が不快だ。のろのろと家へ歩きながら、編集部での彩音との会話を思い出すと、章吾は、いっそう体が重くなる気がした。


直接、鞠乃に。いまさらか？　なんのために。

訊いたところで、数日後には、離ればなれになる間柄、かもしれないのに。

彩音から老夫妻の話を聞いたため、かえって鞠乃との別れが見えてきてしまい、章吾は胸をいためていた。いつの間に、私の中で、鞠乃はこんな大きな存在になっていたのだろう。外見も中身も、吉野と似ているようで似ていない鞠乃。だが、自分の中の辛《つら》い部分は決して見せずに、笑顔だけを章吾に向けてくるところは同じだった。

そうしてやはり、鞠乃も吉野と同じように、私から去ってしまうのだろうか？　それに対し、私は……。


日が沈んでからだいぶたっても、暑さはほとんどひかなかった。窓から見えるひまわりの影も、いくらかグッタリしているようだ。

さすがのなつも、これでは人肌と触れ合う気にもならないらしく、章吾はひとり、ただひたすらにキーを叩いた。半ばは意地で、遅れた予定分をどうにか取り戻したあたりで、廊下を歩く鞠乃の足音がした。

「鞠乃ですか？　ようやく一段落しましたよ」

声をかけると、鞠乃が無言で入ってきた。表情も、朝と同じように固かった。

「あの……今日は本当にすみませんでしたね」

「気にしてません。べつに」

棒読みの台詞のような言い方は、気にしていない、とはとても思えない。

「それに『鞠乃さん』としては、先生にお仕事してもらうように、見張るのが役目ですから！」

「……？」

章吾には、鞠乃がこんなに怒っている理由がわからない。彩音と会った話をして、さりげなく、今後のことを聞いてみようかと思っていたが、それは中止だ。

「怒っているなら、理由を教えてください、鞠乃。デートのことなら、埋め合わせは必ずしますから」

「……」

「教えてくれなければ、謝りようがないですよ」

「……わかんないんですか」

「すみません」

鞠乃の足もとに、小さい三毛のはるがにゃあんとやってきた。鞠乃ははるを抱き上げてギュッと胸に抱きしめる。はるはもどかしそうに手足をじたばた動かした。

「デート……できなかったのは、残念ですけど……お仕事が、忙しかったからしょうがないって、鞠乃もわかってます。でも」

唇が震え、鞠乃はとても悲しそうな顔になる。

「先生、鞠乃のことを『鞠乃さん』て呼んだんです」

「あ……」

――鞠乃は、先生ともっと仲良しになりたいんです。だから……鞠乃って、呼んでほしいんです。

ためらいながら、恋を告白するように言った鞠乃を思い出した。

「す、すみません。仕事に集中しすぎてて、それで、だと思うんですが」

鞠乃は首を横に振った。

「いいです……もう。普通に『鞠乃』とは、呼べないってことですから」

鞠乃が思っていたよりも、先生と鞠乃は、遠いんですね。

さみしげな横顔がそう言っているような気がして章吾の胸がツキンと痛んだ。

「そんなことは」

「ごめんなさい。鞠乃、もう眠いです」

鞠乃ははるを手から離した。きゃしゃな肩がわずかに震えていた。はるは、どうしたの？と言いたげな顔で鞠乃をじっと見上げている。

「おやすみなさい。お風呂《ふろ》は、いまならちょうどよく沸いてます」

「まり……」

章吾は声をかけようとしたが、一瞬早く障子が閉まって、それきり、鞠乃は部屋に来ようとはしなかった。

その夜、章吾は呉石荘に来てから、初めてひとりの布団で眠った。

もとはひとり用の布団だからこれでちょうどいいはずなのに、やけに広い気がしたのはなぜだろうか。

翌日は朝がきても薄暗かった。白い高い雲の下をムクムクした黒に近い灰色の雲が速く流れて、台風が近づいているかのような空だった。

朝食のおかずは猫まんまだった。また何か失敗してこうなったのか、鞠乃がそれしか作る気がしなかったのかはわからない。ちゃぶ台ごしにふたりは終始無言だった。

「ごちそうさまです」

それだけ言って、章吾は居間から部屋に戻ったが、まるで仕事に気乗りがしない。午前中いっぱいがんばっても、ほんの数ページも進まなかった。

締め切りまでは、あと少しなのに。

ならいっそ締め切りを破ってしまえば、ここにもう少しいられるのでは、などと考える自分が恥ずかしくなって、章吾はバンと机を叩いた。

出かけよう。ここにいると、頭がゴチャゴチャになるいっぽうだ。

一応、様子を見に行くと、鞠乃はとくに何もせず、壁を向いて居間にぺたんと座っていた。まわりに、猫たちが集まっている。中に1匹、初めて見る茶色のトラ猫がいた。あれがとらだな。にいにい声がする仔猫《こねこ》は、鞠乃の膝《ひざ》にいるのだろうか。

後ろ姿ではっきりしたことは見えないが、仔猫の世話をしているなら、声をかけて気を散らすのは止めておこう。またそっけない返事をされて、暗くなるのはこっちも嫌だ。

あてもないまま章吾は出かけた。遠くで、雷が鳴っている。

ひと雨来るかな。夕立で、頭を冷やすのもいいだろう。

商店街から川辺に向かう道へ抜けようと路地へ入りかけたところで、桜羽先生、と遠くで誰かが呼ぶ声がした。見ると、ピンクのスーツに長い髪の女性がこちらへ手を振っている。章吾は足を止めて彼女を待った。豊かな胸を揺らして小走りに近づいてきたのはやはり環だった。

「……お出かけですか？　いま、打ち合わせに伺うところだったんですが」

「とくに用事で出てきたわけではないです」

環はふと不安そうな顔になって章吾を見た。

「先生、お疲れなんでしょうか。少し、顔色が悪いように見えます」

「いえ。顔色はこの天気のせいでしょう」

「そうですか。では、アパートまでごいっしょしてもよろしいですか」

「……」

またあの部屋に戻ったところで、いい案が出るとも思えなかった。それよりは。

「先生？」

章吾は、わざと無遠慮な視線で、環の首から下をじろじろ見た。環はとくに眉《まゆ》をひそめることもなく、恥ずかしそうに頬《ほお》を染める。

「あの……あ」

章吾はすっと環の髪に手をやると、耳に唇を寄せて囁《ささや》いた。

「この前、私が命令したとおりにしてきましたか？」

「え……あ……」

環は立ったまま膝を寄せてモジモジとうつむいた。ちゃんと言うとおりにしているらしい。章吾は躾《しつけ》のいいイヌを褒めてやるように、環の頭を撫《な》でてやった。

「じゃあ、さっそく確かめさせてもらうことにしますよ」

そのまま環の腕をとり、呉石荘とは反対の方向へ歩きだす。先生？と不安そうに呼ぶ環には応《こた》えない。途中、商店街の店先でいい物を見つけて、章吾は足を止めて環を見た。

うん。いいだろう。

「環さん。私から、環さんにひとつ贈り物をしたいんですが、いいですか？」

「贈り物？　先生が、私に……？」

メガネの向こうで、戸惑いながらも環の瞳《ひとみ》が喜びに輝くのが見えた。

「ええ。環さんは、とてもよく私の小説に協力してくれるので、お礼です」

「……まあ……嬉《うれ》しいです……でも、あの……」

環は不審そうにふたりが前に立っている店の看板を見た。章吾はうなずき、買ってきますから待っていてください、と、ひとり店の中へ入っていった。


それから、章吾は環を連れて、坂の上の神社までやってきた。

緑の多い神社の境内には、ふたりのほか人の姿はない。

「せ、先生……私……」

環は少し息を切らしている。ヒールの靴で坂をのぼったせいだろうか？　それとも。

「も、もう、これを……」

ペットショップで章吾が買ったイヌ用の首輪を、みずからの首にはめている羞恥《しゅうち》と屈辱のせいだろうか。

「外したいんですか？　環さんにとてもよく似合っているのに」

白くほっそりとした首に絡まる、大ぶりの、短い鎖のついた太めの首輪は、しかし、服との調和からしても、アクセサリーにはとても見えない。

「この首輪を見れば、環さんが、奴隷として体に恥ずかしい調教を受けていることは、見る人が見ればすぐわかるでしょうね。ここへ来るまでの間にも、何人かには、きっと見られてしまったでしょう」

「ああ」

環は顔を覆ったが、章吾が許さないかぎり、首輪を外そうとはしない。心では、すでに奴隷という身分を受け入れている証拠だった。心だけでなく体のほうも、すでにうずいているだろう。

「こっちへ来なさい」

章吾は環を祠《ほこら》から少し奥まった茂みへ連れ込んだ。

「さあ、ここならいいでしょう。スーツの前をあけて、身につけてきた下着を見せなさい」

「ここで、ですか」

怯《おび》えた声で、環は左右を見回した。

「そうです、ここで。もしかしたら人が来るかもしれませんが、かまいませんね？　どのみちあなたは、私が脱ぎなさいと言ったら、人がたくさんいる交差点の真ん中であっても、素っ裸で股《また》を開かなければいけない、奴隷ですから」

「う……」

早くも瞳に涙を浮かべて、環はスーツのボタンを外す。うつむくと、首輪の鎖がチャリッと揺れて、深い胸の谷間におさまった。ボタンを外し終えたところで、章吾は服の両肩を抜いてやる。清楚《せいそ》で上品なスーツの下から、相変わらず、品のないほど迫力のある、大きな乳房が飛び出した。

「ふうん」

環の下着に下半身をかなり誘惑されながら、章吾は冷静なふりで観察する。

それは、濃い紫に染められた、ビニールレザーの下着だった。カップは小さく、いつものように乳房全体を覆う形ではなくて、少ない布地で、乳房を戒め、いためつけるように持ち上げている。布地が少ないだけでなく、あきらかにサイズも小さいのだろう。乳房はまるでカップにおさまりきらなくて、上下に不自然に寄りあわさり、乳首もハミ出て見えていた。ちょうどレザーのカップのふちが、乳首のすぐ下にあたるので、たぶん、環はこれを身につけたときから、乳首を刺激され続けていたに違いない。完全に勃起《ぼっき》してしまっているだけでなく、擦られたせいで周囲がいくらかすりむけて赤い。

「わざと小さいのを買ったんですか」

「……いいえ……お店は、どうしても恥ずかしいので……通信販売を利用しました」

「通信販売？　私は、店で買えと言ったはずですよ」

「ごめんなさい……」

「だからサイズが合わないんですね」

「一番、大きいのを注文したんですが」

「ええ、だからあなたのお乳が大きすぎるのがいけないんです。いやらしい下着のメーカーでも、これほどいやらしい大きい乳の奴隷がいるとは、想像できなかったんじゃないですか」

「ああ！……あっ……」

章吾は環の痛々しいほど固い乳首をつまむ。環はすぐに身をのけぞらせ、もっと、もっととねだるように乳房を突き出した。

「いいですよ。さあ、なんてお願いするんでしたか？」

「はい……私の……ああ……私の、１０１センチのオッパイがうずいて、たまらないので、どうか、いやらしいことをしてください」

環はウットリと目を閉じて、ほぼよどみなく淫らなことばを口にした。

「よく覚えていましたね。きっと、あれから何度も何度も、あのときのことを思い出して、オナニーに耽《ふけ》っていたんでしょう。環さんは、オナニーが大好きですからね」

恥ずかしそうに眉を寄せ、環は小さくうなずいた。すでに環は、オナニーしていることを認めて告白することを、快楽と受け止めているらしかった。

「そんなに好きなら、いまからここでオナニーしなさい」

章吾は環の肩をつかんで、和式トイレのスタイルでしゃがませた。わざと大きく膝を開かせ、スカートの中が見えるようにする。ショーツの代わりにつけていたのは、ブラと同じ素材の下着だった。カットが深く、Ｔバックのように股間《こかん》に食い込み、両側のヘアがすでに見えている。水分を吸収しない素材のせいか、溢《あふ》れかえっている股間の蜜は、すべて、脇《わき》から零《こぼ》れてヘアをぺったりはりつかせ、太腿《ふともも》までトロトロ流れていた。最初に章吾と会ったときから、ここも濡れ続けていたに違いなかった。

「これなら、すぐにでもいけるでしょう」

章吾は環の手をとって股間へあててやる。が、環はその手をなかなか動かさない。

「いまさら、何を恥ずかしがっているんですか？　あなたは、自分からこんな下着をつけて私に会いに来て、首輪をはめられて外を歩いて、すでにオッパイも丸見えです。もしも、いま誰かがあなたを覗《のぞ》いていたら、いまだけで、じゅうぶんあなたは変態ですよ」

「違います」

環がゆっくり首を振ると、目尻に浮いていた涙がすっと頬を伝って落ちた。

「私は……変態じゃありません……ただ、先生の、奴隷なんです……先生だけが、私を、こんな淫らな女に、変えてしまうんです……」

頬を染め、唇を濡らした淫らな顔で、開脚したはしたない姿勢のまま、環はせつなげに章吾を見た。

「環さん……」

章吾の中に、いままで感じたことのなかった、愛《いと》しさに似た、環への感情が涌いてきた。

じつは、はじめから章吾もうすうす感づいてはいた。少女の思い込みに似た環のあこがれが、少しずつ、本物の恋愛感情へ変わっていたことを。だからこそ、環は章吾の調教を、喜びとともに受け入れたことも。

けれど、私は——。

章吾は笑って首を横に振った。

「奴隷のくせに、主人に口答えをする生意気な口は、こうして塞《ふさ》いでやることにします」

「ウ、グッ」

自分のズボンの前を開け、取り出したものを環の口にあてて押し込む。

「うう……」

きれいな顔を苦しげに歪《ゆが》めて、環は、章吾のものをくわえた。

「さあ、もう余計なことは言わないで、これをしゃぶりながらオナニーしなさい。できますね？　レザーの端から指をつっこんで、クリトリスをつまんで転がしたり、あそこの中に指を入れて動かしなさい。私よりも先にイッたら承知しませんよ」

「ん……う……う……」

章吾は環の頭を押さえ、何度か勝手に往復した。環は、涙を流しながら、懸命に、舌と唇を使って、章吾の先端の部分を刺激してくる。そして、口は章吾に奉仕しながら、手では、みずからの乳首をつまんだり、股間を激しく擦ったりして、しゃがんだ姿勢で自慰を続けた。もどかしそうに乳房にまとわりつく下着を見て、章吾はそれを力まかせに引っ張りあげた。すると安い作りの物だったのだろう、下着は音をたててちぎれてしまう。環さんは、ノーブラで帰るのか。よし、あとで下も脱がせてノーパンにして、今日はそのまま帰らせよう。

　カサ、と茂みの奥で音がした。環がびくっと大きく震えた。鳥か猫だ。だが、あるいは誰かに見られたかもしれない。

「どうしますか……もしも、写真でも撮られていたら」

「んう……」

「知的な美人の環さんが、じつはいやらしいメス奴隷だと、みんなに知られてしまうんです。そうしたら、もう環さんは、表を歩くこともできませんね……」

　その結果、章吾ひとりの所有物として、両手両脚を拘束されて、日々、ただ章吾とセックスする玩具になる環を想像すると、想像だけで、環の口に突っ込まれている章吾のものは熱くなった。そして、奉仕する環の唇も自慰をする手も、見られている可能性を知りながら、それを止めようとはしない。環にも伝わっているはずだ。章吾と環は、主人と奴隷。快楽を教えること以外、章吾には、環の気持ちに応えるすべはない。環さん……その代わり、ルールと良識で生きていたら決して味わうことのできない喜びを、あなたに教えてあげますよ。

「あふ……」

　まだ終わっていない自分のものを、章吾は環の口から抜き出した。それから、自分もしゃがみこみ、環の股間に手を入れた。

「あぁッ」

「うん。よく濡れて、感じてる。これならきっとできますね」

「できる……？」

「ええ。いま書いている長編のヒロインは、男に忠誠を誓う証に、彼女の最も恥ずかしい姿を――放尿を、男に見せるんです」

「……」

そのことばを繰り返すことさえできないらしく、環は絶望した顔で息を飲んだ。章吾はそんな環に近寄り、じっと環の目を見つめて、一度だけ、優しくキスしてやった。

「先生」

環はポロポロ涙をこぼした。そして、章吾の言いたいことはすべて理解したかのようにうなずいて、そっと目を閉じた。きれいな指の細い手が、スカートを開いて持ち上げた。あいている手でレザーのショーツを片側に寄せ、環は秘所を章吾にさらした。下着の刺激とこれまでの激しいオナニーで、そこはもう、赤く充血して開ききっていた。その頂点のクリトリスを指でなぞって、環はさらに快楽を高める。はあ、と甘く息を吐くと、下の唇もヒクヒク震えた。環の指は、クリトリスの少し下にある、女性がオシッコをするための穴のあたりへ動いた。ん、んっとそれを誘うように何度かその部分を押す環。章吾はじっと見つめている。たぶん環はその瞬間に、エクスタシーを迎えるだろう。乳首も、いじられていないのにピンと勃《た》ち、少し反って外を向いている。

「ふ」

環はゾクッときたように、背筋から全身を震わせた。放尿口の周囲の肉が膨れた。

「先生……見て……」

目を閉じたまま、環はうっとりと甘えた声でおねだりをした。

「先生の、奴隷の、桃瀬環が、先生に、調教していただいたところから、オシッコを出す恥ずかしいところを、どうか、じっくりと見てください……あ……あああ……ああああッ……！」

プシャ、とそこがはじけて激しい勢いで黄色い尿が出てくると同時に、環は、ガクガクと膝を震わせ、乳房を揺すり、ああ、はあとそれこそ人が不審に思って来てしまいそうな大声をあげ、泣きながら、大きく達していた。達しながらも放尿は続いて、ゆるいカーブを描きながら、足もとの地面に落ちると黒い染みになって広がった。

羞恥で全身を赤く染めながら、環はこの上ない解放感で満たされているらしく、唇はうっとりと半開きで、眠る寸前のような顔をしていた。

最後の一滴まで出し終えて、はしたなく腰を揺すって残る水滴を落とす環に、章吾はいきなりのしかかった。

「あ、あん……先生……」

「もうだめです。いまオシッコをしたばかりの環さんのここに、私も出します」

「え、えッ……ああ……はあっ！　ああ……ああ……」

章吾は環を木に寄りかからせ、片足を抱えて高く持ちあげ、一気に深く挿入する。達したばかりのそこはまだヒクヒクと余韻が残っていた。波がひかないうちにもう一度、環を自分のものでいかせるべく、章吾は、容赦なく激しく突いた。蒸し暑い中で必死で動いて、汗がひどい。かまわず進めて、あの先に神経を集中する。すぐにきた。環のフェラと、放尿姿で、章吾もすぐにいけそうだ。

「んっ、あ！　あ！　せ、せん、あ、せ……あ、あ！　ああッ……あああ……」

突き上げられて、乳房をぶるぶる震わせながら、環の内部が、ふたたび頂点を迎えて収縮するのを、章吾は感じた。もうだめだ。私も、あの先が割れて、射精する。

「――く」

それでも、危険を回避する本能で、章吾はギリギリ環から抜いた。支えをなくしてその場に座り込む環の顔や乳房や髪に、また思い切り振りかけてしまった。

空がいよいよ暗くなった。環をバス停の前まで送り、章吾は早足で家に戻る。

セックスのあと、環はショーツだけをコンビニで買い、ブラはないままバスで帰った。

ノーパンを命じることもできたが、章吾はあえてしなかった。今日、あの神社で、章吾と環の、主人と奴隷の関係は、ひとつケリがついたように思えたからだ。

「あとはもう、小説の完成を待つだけですね」

私が打ち合わせに来る必要もないですね、と暗に環は言っていた。

「できあがったら、環さんに一番に読んでいただきます」

章吾もことばの裏だけで、はい、これから先はひとりでやりますと返事をした。

ピカッと視界の隅が光った。

続いて、バリッと空間を裂くような激しい音。きた、と思う間もなくバケツを振り回してぶちまけたような勢いの雨が襲ってきて、章吾はろくに目も開けられない。もちろん、一瞬で全身がずぶ濡れだ。いいさ、濡れて困る高い服も着てないし、いまの情事の匂《にお》いも消せる。鞠乃はきっとまだ怒っているが、風呂くらいは沸かしてくれるだろう。

章吾は妙にすっきりしていた。セックスと、激しい夕立で、モヤモヤがすべて押し流されていくような気がしていた。

呉石荘の垣根が見えてきた。と、格子戸の前に、やはりずぶ濡れで立っている小さな影がある。

「鞠乃！」

どうしたんです、そんなところでわざわざ濡れて！

章吾は驚いて走り出した。

「せんせ……」

ふえ、と泣いた顔をして、鞠乃も章吾に走ってきた。小さな体が、章吾の胸に飛び込んでくる。抱き留めて、足もとが雨で滑ってみっともなく転びかけたが持ちこたえた。

「よかった」

親を見つけた迷子のように、鞠乃は章吾にしがみついてシクシク泣いている。

「……少し前、先生がいないのに気がついて……タバコを買いに行ったのかなって、少し待ってて……でも、先生いつまでも帰って来なくて、心配になって」

しゃくりあげながら鞠乃は続けた。

「家のまわりを様子見てもいなくて……どこにも……うっ、う……」

「すみません」

章吾は鞠乃の頭を撫でてやる。鞠乃は激しく首を横に振る。髪の雫《しずく》がすぐに激しい雨にまじって散った。

「今日、鞠乃……いけない子だったから。だから、先生、怒っちゃって……出て行ったんじゃないかって、思ったんです……先生も、いなくなっちゃったって……鞠乃は、置いていかれたんだって……そうだったら、どうしていいか、わからなくって」

「……ちょっと、散歩に出ていただけですよ」

さあ、とにかく家に入りましょう、と章吾は鞠乃をうながした。

「そんなに泣かないでください、鞠乃さん。私は……どこにも行きませんから」


交代で風呂で暖まり、乾いた服に着替えを終えて、お茶で一息つくころには、夕立も、すっかりやんでいた。

「ああ、いい月が出てますね」

窓辺で章吾は鞠乃を呼んだ。鞠乃はパタパタやってきて、章吾の隣で月を見上げた。

「うわあ、きれいです……」

「そうだ。せっかく雨もやんだことだし、散歩がてら、外に出ませんか？」

「もしかして、デートですか？」

期待半分、不安半分の声で訊かれた。

「その埋め合わせは、改めてきっちりさせてもらいます。これは、ただの仲直りの散歩」

「はいっ」

章吾は鞠乃が章吾にと買ったサンダルを履き、鞠乃はついでだからと買い物用の袋を持って、ふたりは並んで夜道を歩いた。

「雨あがりの、緑の匂いがします」

「ええ。夏の夜らしい匂いですね」

だが、道端の草むらからは、気の早い秋の虫の声がする。いつの間にか、夏の終わりも近いのだ。

「夏も、もうじき終わりでしょうか」

鞠乃は章吾の考えていたことをそのまま言った。

「お話してもいいですか？　鞠乃のこと……先生に……」

そうして、鞠乃はらしくないほど淡々と、昔のことを章吾に語った。

鞠乃は、なつたちが家族になってくれるまで、ずっとひとりで暮らしてました。母は、鞠乃が物心ついたときからいませんでした。鞠乃には、誰かに抱かれていたような、ぼんやりした記憶があるだけです。

「だから、最初に会ったとき、彩音ママを間違えたりしたんですね」

と、鞠乃は照れたように笑って続けた。

父は父で、ひどい人だったんですよ。小学生の鞠乃に千円渡して、何日も、ほったらかしだったんです。その上、鞠乃が知らないうちに、鞠乃を養子に出したりしたんです。

「養子に？」

それが彩音の言った『戸籍上の養母』か。

「はい。たぶん、もう鞠乃にかまうのが、嫌になったんだと思います」

第5章　夕立のあと

たいして辛くもなさそうに鞠乃はうなずいた。だが、そんな父でも鞠乃は愛していただろう。でなければ父の作ったカレーの味を、いつまでも覚えているものか。

養子の先は、すごく大きな家でした。叔母さんだという人も、鞠乃をかわいがってくれました。きれいな服、かわいい服……たくさん、買ってもらいました。パーティみたいなところにも、叔母さんは連れていってくれました。鞠乃は、たくさんの人に紹介されました。かわいらしい子でしょう、っておばさんは鞠乃をみんなに自慢してました。

「でも、違うんです」

叔母さんは、鞠乃になんでもしてくれたけれど、鞠乃には、何もさせてくれませんでした。鞠乃が叔母さんと仲良くなろうと、鞠乃にできることをがんばろうとすると、叔母さんは、怖い顔をするんです。

「きっと、叔母さんは鞠乃のことを、ペットみたいに思ってたんです。ペットは、飼い主と対等じゃなくて……かわいがられて、かわいくしてて、飼い主が、それを自慢するための道具で」

だから、鞠乃は逃げて戻ってきたんです。父と暮らしてた、呉石荘に。

「最初は家出だったんですけど、何度も家出したら、叔母さんには見捨てられちゃって。食べるだけのお金は出してやるから、勝手にしろって言われました」

イタズラをした子どものように、えへ、と鞠乃は舌を出して笑った。

それから、鞠乃は待ちました。父が、叔母さんから鞠乃の居所を聞いたら、迎えに来てくれるかもしれないと思ったんです。けれど、待っても待っても父は来なくて……待つうちに、なつやとらちゃん、ふゆ、あき、はるが鞠乃のところへやってきて、鞠乃の家族になりました。

「でも、父はとうとう戻って来なくて、代わりにある日、彩音ママが来たんです」

父が死んだことを伝えに、か。

そういえば、彩音の父は放蕩者《ほうとうもの》で、女関係にだらしなかったため、母親の違う妹や、血のつながらない弟モドキがいるのだと、彩音自身が以前に何かのエッセイで書いていた。

「今日、雷が鳴っているとき、先生をひとりで待っていたら、昔のことを、たくさん思い出しました」

置いていかれた子どもの恐怖。戻らないかもしれない人を、ただ、じっと待つしかできない焦り。孤独。そして……。

「先生は、戻ってきてくれたけど……でも、夏が終わって、先生のお仕事も終わったら、呉石荘もなくなって……そしたら……」

淡々と、ときに笑顔もまじえて話していたはずの鞠乃の声が、また震えた。

「せっ……せっかく、先生のことが、好きになったのに……大好きに、なったのに」

それでも決して、行かないでくれとも、連れていってくれとも言わず、健気《けなげ》にずっと笑おうとする小さな鞠乃。

そして私も、追いかけてこいとも、連れていくとも言えないのだ。約束して、それが果たされなかったときの悲しさ、虚《むな》しさを、章吾も嫌というほど味わったから。

章吾は、懸命に涙をこらえて震える鞠乃のきゃしゃな肩を抱いた。

「私も、鞠乃が大好きです」

「先生……」

「あなたを、愛しく思っています」

いまは、それだけしか言えなかった。

第6章　水と緑の中で

これくらいかな……もうちょっと、お塩を足したほうがいいかな？

どぼぼぼぼ。

あっ！

ああー……って呆然《ぼうぜん》としてる場合じゃないよ、まざらないうちにおたまですくって！

ふう。でも、ちょっと不安だから、お砂糖を少し入れてバランスを……。

ざばあー。

……。

だ、大丈夫。お砂糖は、隠し味だから、香りづけに、今度はガーリックを刻んで……。

「いったあーい！」

「千歳《ちとせ》。朝っぱらから、何をガタガタはしゃいでるんだ」

不機嫌そうな春彦の声が聞こえてきた。

「あ、起こしちゃった？　ごめんねお兄ちゃん。ボク、いま朝ご飯を作ってるところ」

「朝飯って、この匂《にお》いはカレーだろ？　お前、朝からカレー作ってんのか」

ボサボサ頭でキッチンまできて、おっと春彦は動きを止めた。

「しかもお前、なんだその格好は！」

「えへへ……こういうの好きでしょ、お兄ちゃん」

フリルのついた黄色のかわいいエプロンのほか、千歳は何も身につけていない。胸あてのわきから小さめの胸のラインが見えていて、後ろのリボンの下の丸出しのお尻がスウスウする。

「おれを朝からその気にさせる作戦だな。そうはさせるか」

言いながら、春彦が背中に抱きついてくる。

「言ってることと体の反応が違うよお兄ちゃん」

ヒップの割れ目に、春彦の固いものが当たる感触。

「これは男の朝の生理現象だ」

「へえー……あ！　もう、やだっ」

春彦の手がエプロンの脇《わき》から忍び込んできて、乳房の表面をかるく撫《な》でた。やん、と千歳が身をすくめると、手のイタズラはエスカレートする。てのひらに乳房を納めて両方いっぺんにモミモミしたり、ピンと勃《た》った乳首を指先ではじいて遊んだり。

「や……お兄ちゃ……カレー……でき、な……あん！」

「なんだお前、これだけでもうこんなにしてるのか？　わかった、裸エプロンしたときから興奮してたんだろう」

春彦の片手は、千歳の前にまわって股間《こかん》に触れていた。柔らかく開きかけていたそこに、指が入れられ、動かされる。

「んッ……や……だって……お兄ちゃんでしょ……ボクを、こんな、いやらしい子に、しちゃったのは……」

千歳はもう息を荒くして、細い体を春彦の胸にゆだねてしまう。春彦は、千歳にエプロンをさせたまま、本格的に愛撫《あいぶ》を始めた。触れられるたび、つまれるたび、ヒクヒクと膝《ひざ》を震わせて、春彦のタバコの匂いをかぎながら、千歳はゆっくり目を閉じた。

あれから、もう2年になるんだね。学校で、生徒と先生として、ボクとお兄ちゃんが再会してから。

お兄ちゃんは、小さかったボクの初恋の人——ボクの、お姉ちゃんの恋人だったから、ボクは「お兄ちゃん」て呼んでいた人。だから、ずっとボクの片思いだった……お姉ちゃんと、お兄ちゃんがお別れして、お兄ちゃんと会えなくなっても、ボクは、ずっとお兄ちゃんが、好きだった。だから、再会したときは嬉《うれ》しくて……今度こそ、お兄ちゃんのそばから離れたくなくて……そして、ボクは……。

「あ……だめ……ダメだよ、お兄ちゃん……あう、んッ」

春彦が、千歳を後ろから抱いたまま、千歳の中に入ってくる。春彦のものがあそこにある、と思うだけで、千歳は胸がせつなくなって、しぜんに、春彦を締めつけてしまう。

「気持ちいいのか？　千歳は、本当にエッチだな」

「んッ……お兄ちゃん、の、せいだも……ん……ッ、あ」

「また、いつまでもお兄ちゃんじゃないだろう？」

千歳をあやすように揺すりながら、春彦が耳に囁《ささや》いた。

「もうすぐ、千歳はおれの花嫁さんになるんだからな」

「ああんッ！」

低く吹き込むように囁かれると、それだけで、千歳は達してしまいそうだ。まだいや、お兄ちゃんといっしょがいい。

千歳は背後から貫かれながら、春彦を振り返って笑ってみた。

「いいの……お兄ちゃんは、いつまでも……ボクだけの、お兄ちゃんだから……」

＊

「なるほどね」

ふうっとかるく息をつき、彩音は読み終えた原稿を机に置いた。

「あれだけ暗くなってた桜羽章吾が、ここまで復活するとはねえ」

編集長の席に座ったまま、からかう目で章吾を見上げてくる。

「彩音さんのおかげです」

章吾はしれっとして礼を言った。ふん、と彩音はかるく笑って受け流した。

「でも本当に、いまなら、官能ジャンル以外の路線もいけるんじゃない？　いまの読者のアンケート見ても、案外、あなたの女性ファンもいるみたいだし」

「恋愛小説はかんべんしてください」

「誰《だれ》もそんなこと言ってないでしょ。あなたは、なんでデビューしたんだっけ？」

「……ああ」

童話か……そういわれれば、それも楽しいかもしれないな。5匹の猫とおしゃべりしてる、不思議な少女が主人公で。料理は苦手で、でもがんばりやで、毎日を一生懸命に生きている。

驚くほど、すいすいとイメージが固まった。そしてそれは、やってみたい、という意欲にたちまち変化した。

「ありがとうございます。考えてみます」

「とりあえず、これで連載のプロットは全部こなしたわけね。あとは、長編のほうだけど」

彩音は章吾の背中ごしに、ひとつ離れた席をちらりと見た。

「はい。それは、私がお預かりしています」

席にいた環が立ち上がって、こちらへ近づいてくる気配がした。

用事のついでに見送りますからと、環は章吾といっしょに編集部を出た。

「長編の原稿、読ませていただきました」

　エレベーターを降りて駅へ向かう道をふたりで歩きながら、環が話しかけてきた。

「どうでしたか？」

「……感動しました。とくに、ラストでヒロインが、作家から愛を告白されながら、私はあなたの愛なんかいらない、欲望だけが私たちの絆《きずな》だと、きっぱりと言い放つところに」

　現実は立場が逆でしたけれど、と環はそっと付け足した。

「でも、私は満足です。憧《あこが》れていた先生の物語の中で、ヒロインとして生きることができたんですもの」

「環さん……」

「先生には、感謝しています。私の中で、私を閉じ込めていたものを、取り払ってくださって……その向こうにある、幸せで、自分を解放することができて、愛する人に喜んでもらえる世界を、教えていただいて」

　環のことばに嘘《うそ》は感じられなかった。章吾はふと、ふたりとすれ違っていく人たちが、憧れの目で環を見ていることに気がついた。それほどに、いまの環は輝いているのだ。

「私は、いまの編集部を辞めるつもりです」

「えっ？」

　とつぜんの話に章吾は戸惑い、立ち止まる。環も並んで足を止めた。

「私の中で、ひとつの物語は終わりました。だから、新しい物語を捜しに」

「そうですか……」

「それに、私はまだ、すべてを割り切れたわけではないんです。もしもこのまま、先生の傍《そば》で、先生の担当を続けていたら、いつかまた、私は期待してしまうかもしれません。そして、先生の心を占める別の誰かに、嫉妬《しっと》してしまうかもしれません」

「……彩音さんから、聞きましたか」

「少しだけ。それに、先生の作品を読んでいれば、そばにいる、妹のような少女への想《おも》いは伝わってきますから」

それならば、章吾にはもう何も言うべきことばはなかった。ただ、この先の環の道が、彼女にとって幸福であるようにと願うだけだった。

「彩音さんには、退職のことは話しましたか？」

「はい。長期休暇の届けなら、受け取っておくと言われました」

「あの人らしい言い方ですね」

「本当に」

笑い合い、ふたりは駅の改札で別れた。ひとりになって、電車の窓から流れる景色を眺めながら、章吾は、ほっと息をついた。

これでようやく、仕事は終わった。

そして、呉石荘での日々も――。

居間の隅では、はる・なつ・あき・ふゆの4匹に、とらと、バラバラな毛並みのにいにい鳴く仔猫《こねこ》たちが加わって、みんなで仲良く食事をしている。もちろん、仔猫たちの食事はまだとらのミルクだが。

「鞠乃の炊いたご飯は本当においしいですね」

お代わり、と、章吾は茶碗を差し出した。

「はい。とりあえず、ご飯だけおいしく炊ければあとはどうにかなるからと、おじいさんから教わったんです」

「元大家さんの、おじいさんですか？」

「はい。口は悪いけど、鞠乃を、鞠、鞠って呼んでかわいがってくれました」

「そうですか」

山盛りご飯の茶碗を受け取り、章吾はぱくぱく口に運んだ。

不思議なほどに静かな、平和な夕食。まるで、それがこれからもずっと続く日々の一場面であるかのような――あるいは、これが最後の平和な時間であるかのような。

ジリリリリ。ジリリリリ。

そこに、電話のベルが響いた。仔猫たち以外の5匹がいっせいに耳をピンと立てて頭をあげる。鞠乃が居間を出てとった。

「はい、呉石荘です。あっ……彩音ママ……はい。こんにちは」

鞠乃の声には彩音と話す嬉しさと、緊張が同時に感じられた。

「はい、元気です。先生なら、いま……え。鞠乃に、ご用ですか？　はい……えっ」

鞠乃の声がはっきり変わり、表情が固まったまま動かなくなる。なんだろう。章吾も緊張して食事をやめて、鞠乃の声をじっと聞いた。

「おじいさんが……はい。はい。じゃあ、命には別状ないんですね？　よかった……はい。そうですか……わかりました。明日の朝の特急で」

電話を終えて、戻ってきた鞠乃は青い顔をしていた。

「どうしたんです」

その場に座り込みそうになる細い体を、章吾は慌てて支えてやる。

「おじいさんが……さっき、倒れて……」

さっきふたりで噂をしていた、例の元大家の老人が、自宅で倒れ、鞠乃を呼んでいるという。さいわい、命には別状ないが、老夫人が彩音に連絡したらしい。老夫妻はいまは仕事を引退し、長野にふたりで住んでいるため、彩音が列車のチケットをとった。明日朝早く、鞠乃は長野へ行くことにした。

「そうですか。それは、心配ですね」

「はい」

「行くのなら、明日は早いですから、今夜は早めに休んだほうがいいですね」

「はい……」

「大丈夫ですよ。鞠乃の話を聞いたかぎりでは、しっかりしたご老人のようですから」

「……はい。鞠乃も、おじいさんなら、大丈夫だろうと、思います。ただ」

鞠乃は複雑な顔をしている。おやと思った。鞠乃が動揺しているのは、老人を案じているためだけではないらしい。

「……私のほうも、大丈夫ですよ。鞠乃がここに戻ってくるまで、なつたちと留守番していますから」

「先生……」

鞠乃は章吾にぎゅっと抱きついた。やはり、鞠乃はそれが心配なのだ。自分をかわいがってくれた元大家の老夫妻。鞠乃の事情を知っていて、鞠乃を引き取りたがっている老人が倒れた。そこへ鞠乃が会いに行けば、もしかすると、鞠乃はそのまま帰れなくなってしまうかもしれない。老夫妻はそう望むだろうし、鞠乃自身の気持ちとしても。

そうなったら……明日の朝が、私たちの別れになるのだろうか？

章吾は鞠乃を抱き返した。

その晩、ふたりはこれまでよりも激しく愛し合い、お互いをつよく求め合った。

「先生。先生」

章吾の下でか細い脚をいっぱいに広げ、章吾のものをきつそうに受け入れ、鞠乃は、泣き声混じりにあえぎ続けた。終わりたくない。いっそ朝が来なければいいと思いながら、章吾も、鞠乃の小さな乳房にすがるように何度も吸いついた。


翌朝はひときわよく晴れて、朝顔も章吾が見るようになって一番たくさん咲いていた。

「鞠乃、そろそろ出かける時間じゃないですか？」

鞠乃はいつもの服のまま、まだ朝食の洗い物をしている。

「あ、でも……特急を使えば、昼前に着くから、大丈夫です」

「それにしても、そろそろ着替えたほうがいいですよ」

「……はい」

言いながら、鞠乃は着替えを用意するだけして、猫のゴハンを確かめたりと、なかなかしたくを始めない。気持ちはわかる。章吾だって、本当は鞠乃を引き留めたい。だが、自分が原因で、病床の老人を待たせることになるのも心苦しかった。

「駅まで送っていきますから」

みずから進んで鞠乃を急かし、章吾は鞠乃とバスに乗った。

「……よく考えたら、先生と、こうしてどこかにお出かけするのは初めてですね」

よそいきの、章吾が初めて見るツーピース姿の鞠乃が少し照れたように言う。

「ええ。本当は、今日あたり、約束のデートをしたかったんですが……」

天気もよくてデート日よりだ。こんな日は、遊園地や映画へ行くよりも、自然の中でピクニックがいい。鞠乃の作ったおにぎりを持って、猫たちは、みんな大きなバスケットに入ってもらって連れていく。楽しいだろう。今日までの、仕事の疲れなどみんな吹き飛んでしまうだろう。

横で鞠乃がさみしそうな顔をしている。章吾は、そっと鞠乃と手をつないだ。鞠乃がその手を握り返した。すると、もう手を離すことができずに、何をしているのかと思いながら、結局、章吾は鞠乃とともに、長野行きの特急に乗ってしまった。


そして、それから約2時間。

「うわ……暑いー」

冷房のきいた車内からホームにおりると、熱気がむわっと押し寄せるようだ。

標高が高いぶん涼しいかと思った松本は、盆地のために東京より暑いこともあるという。が、今日は湿度が低いらしく、暑いがベタつくような不快さは少ない。

駅前はビルも多く開けていたが、バスで30分も行くころには、あたりはすっかりのどかな田舎の風景に変わっていた。つよい日差しを受けて光る、緑の稲がきれいだった。

老夫妻の家は、バスをおりてさらにいくらか歩くという。

「でも、思ったよりも早く着きましたね」

「あ……はい……」

「……せっかくだから、少し、このへんを散歩してみますか？」

「え」

「ここまで来たんですから、少しくらい遅くなっても問題はないでしょう。せっかく、ふたりで遠出したんですから……デートの約束を今日、果たしますよ」

章吾自身も、どうしても鞠乃とデートしたかった。

自分の気持ちの照れ隠しに、章吾は鞠乃の頭にぽんと手をおいた。

「それに、鞠乃が元気のない顔で会いに行ったら、おじいさんとおばあさんも、かえって心配するでしょう」

「ごめんなさい……」

「私に謝ることはないですよ。じゃあ、行きますか」

手をつなぎ、ふたりは夏の空気をいっぱいに吸いながら、田圃《たんぼ》から山に続く坂道を歩いた。木陰の道は涼しかった。行く手に小川が見えてきて、鞠乃ははしゃいで川原へ下りる。章吾も続いた。キラキラ光る水の流れがまぶしかった。石の川原で、鞠乃はさっさと靴を放って裸足になると、透明な水に足を入れた。

「うわあ、冷たぁい！　先生も来てください、気持ちいいですよぉ？」

ツーピースが濡れないように裾《すそ》を持ち、あいている手を水に浸す鞠乃。

「私は、いいですよ……」

章吾はすっかり保護者の気分で、鞠乃がうっかり転ばないかと冷や冷やする。

「ダメです！　いつも机の前に座ってばかりのお仕事なんですから、たまにはちゃんと体を動かさないと」

「それはそうですが、川に入らなくても」

章吾は困って笑いを浮かべた。自然の中の、楽しそうな鞠乃を見られただけでも、ここまでいっしょに来て良かったと思った。

そう。鞠乃には、やはりこういう場所がふさわしい。都会の狭いアパートで、夜も昼もないような仕事の男といっしょにいるよりも……。

だが、それはこれまでの章吾ではなかったか？　呉石荘での生活をきっかけに、章吾の中でも、何かが終わり、何かが始まろうとしているのではないだろうか。吉野の夢を見なくなったこと。環という女性の人生を変えたこと。そして、こんなにも鞠乃を大事に思っていること。

「先生！　ボーッとしてちゃダメです。デートなんですから、ちゃんと遊んでください」

拗《す》ねたように口をとがらせて、鞠乃が川原へあがってきた。

「ははは……すみません。つい」

「でも、本当はこうして先生が来てくれただけで、すごく嬉しいです」

風が吹いて、緑の木々を揺らす音がした。

――ひとりでは、来る勇気がなかったかもしれないから。先生のこと大好きだけど、おじいさんたちも、悲しませたくないですし……鞠乃が、自分で決めなくちゃいけないの、わかっているんですけど……不安なんです。

「ねえ、先生」

「なんですか？」

「鞠乃は最初、先生のこと、怖い人かなあって思ってたんです。それに、すごく寂しそうに見えました……でも、いまの先生は、怖い人にも、寂しい人にも見えません。先生は、鞠乃の、一番……大好きな人です」

「……」

「だから、先生の気持ちを知りたいんです。先生は……鞠乃のことを、どんなふうに感じているか、教えてくれますか？」

水の音と風の音だけの静かな中で、鞠乃の問いは、章吾の中で深く響いた。

「私は」

章吾は迷った。いまの自分を表すのに、適切なことばが出てこない。物書きのくせに、情けないな。どんなふうに感じているか……鞠乃に対する愛情は、私にとって、どんなものか。私にとって「最愛」を意味することば、それは——。

「妹のように、感じています」

心のままに、章吾は言った。

「……吉野さんの、ように？」

「吉野は、妹というだけでなく、私にとってすべてでした。彼女を失ったことで私は、生きるすべてを失ったように感じていたんです……でも、いま私には、鞠乃がいます。鞠乃のおかげで、私はふたたび生きられるようになりました。だから、鞠乃を誰よりも大切だと、守ってあげたいと、思っています。たとえ……鞠乃が選ぶ未来に私がいなくても、私の気持ちは変わりません。だから、妹だと感じるんです」

他人なら、離れていくこともある心も、兄妹《きょうだい》の絆で結ばれているなら、離れない。

「妹……」

鞠乃は小さく繰り返し、章吾をまっすぐ見てほほえんだ。

「じゃあ、1回だけ……ときどき、かもしれませんけど……先生のこと『お兄ちゃん』って呼んで……甘えても、いいですか？」

お兄ちゃん。

不覚にも、章吾は涙しそうになった。

何度も小説に書きながら、現実にはずっと呼ばれていなかった。どんなに飾った愛のことばより、章吾を甘く揺り動かす響き。愛されている、信頼されているのだと、どんな約束よりも信じられるひとこと。

章吾は鞠乃をつよく抱きしめた。胸の中で、鞠乃が、照れくさそうに言った。

「じゃあ、えっと、お兄ちゃん……もうちょっとだけ、鞠乃と遊んでください」

――そしたら、鞠乃は、ちゃんと、おじいさんとおばあさんに会ってきます。


午後、章吾はひとり呉石荘に帰ってきた。

ばたばたばた、と足音がして、なつたちがいっせいに玄関へ章吾を迎えに来た。が、すぐに、そばにいるはずのもうひとりがいないと気づいて、不安そうに、にゃうんと鳴いて章吾を見る。鞠乃はどこなの？　鞠乃は、あんたといっしょじゃないの？

「戻ってきますよ。あとから」

たぶん。

猫たちの視線に答えて章吾は部屋に戻ってくると、そのまま、ごろりと横になった。

木の天井。涼しげに鳴るガラスの風鈴。窓から見えるひまわりと、いまは花弁を閉じた朝顔。すっかり見慣れた景色だが、これも、あとわずかでなくなってしまうのだ。

この場所で、鞠乃は、父親の……あるいは、母親の帰りを、ずっと待っていた。ペットのように飼われる暮らしから逃げ出して、自分らしく生きようとした始まりの場所。だが、もうすぐその場所はなくなって、ここは、終わりの場所になる。

ひとりぼっちの自分の、終わりの場所。

そして、新しい自分が始まる場所。

それは、自分自身にも言えることかもしれないと、章吾は思う。

お兄ちゃん……。

胸に、吉野の声が聞こえた。面影に、章吾も呼びかけた。

吉野。

あなたの死は、悲しいことでした。自分が死ぬより、自分のすべてを失うよりも悲しいことでした。

それでも、あなたとの思い出は、決して、悲しいものだけではなかったはずですよね。

だから、私はこれからも生きていきます。あなたがくれた、たくさんの想いと、私の、あなたへの想い……それを支えに、新しい愛を柱にして、これからも。

お兄ちゃん。

今度は、鞠乃の声で呼びかけが聞こえた。

鞠乃。いまごろは、おじいさんおばあさんと、話していますか？

あなたは、どんなふうに新しい自分を、始めるのでしょう。


いつの間にか、うとうとしていたらしい。

玄関口で、にゃうーんとなつが鳴いた声がして、章吾はふっと目が覚めた。

にゃう、なう、んなうー。

「はいはい。わかってます。いまゴハン作るから、ちょっと、待っててくださいね？」

……ん？

「先生に、ただいまの挨拶《あいさつ》したら、すぐに戻ってきますから」

え。

章吾が起きあがるのと同時に、ぱたぱたぱたとよく知っている足音がして、鞠乃が、部屋へ駆け込んできた。

「先生！」

抱きつかれ、感激より先に章吾はきょとんと戸惑ってしまう。

「ただいまです！」

「あ……おかえりなさい」

窓の外は、やっと日が落ちたくらいの宵《よい》の空だ。私がここへ戻ってきたのは、昼過ぎに松本を出た特急だから……。

「ずいぶん、早かったんですね」

「はい。大丈夫でしたから」

「何が大丈夫なんですか」

「おじいさん、ぎっくり腰だったんです」

「……は？」

章吾は自分の頭の上に、漫画でよくあるハテナマークが大きく浮いているのを感じた。

「えっと……おじいさん、お庭にあった大きな石を運んで動かそうとしたときに、ちょっと、腰に来ただけだって言ってました。それをおばあさんが、おじいさんが鞠乃に会いたがっているのを知ってて、ちょっとだけ、大げさに彩音ママに言ったみたいです」

「……はあ……」

オチまで、すっかり漫画だな。

「だから、おじいさんぴんぴんしてて、鞠乃、叱《しか》られちゃいました」

「叱られたって？」

「先生のことを話したら、好きな人がいるのに自分たちなんかにかまってたらダメだ、いいからさっさと帰れって。そうしないと、逃げられちまうぞって言われたんです」

「それにしたって、もう少し、ゆっくりしてきてもよかったのに」

すっかり呆《あき》れている章吾に、鞠乃はわざとふざけたような調子で返した。

「お兄ちゃんは、鞠乃がいたら邪魔ですか？」

「こら」

額をツンと章吾に小突かれて、えへ、と鞠乃は照れて笑った。

「でも、先生は、鞠乃から逃げたりしませんよね。もし逃げても、鞠乃はもう、先生のそばを離れませんから。ずっと。これからも」

「……それは……私のほうが、お願いしたいことですよ」

章吾は鞠乃を抱き寄せた。腕の中におさまる、小さな体。小さいけれど、この存在が、これからの章吾のすべてになる。

「離れないでください。離しませんから。これからも、私の傍にいてください」

鞠乃も、章吾をしっかりと抱いた。

求めあい、しぜんに唇が重なった。

先を急ぐようにキスが深くなったので、鞠乃が喉《のど》で少し苦しげな声をあげた。が、あわせた唇は逃げようとしない。むしろ、もっと、とせがむように、いっそうつよく、鞠乃は章吾の背中に抱きついてくる。章吾も同じだ。もっと、鞠乃を感じたい。鞠乃の唇も、鞠乃の肌も、鞠乃のすべてを、もっと深く。

キスしながら、お互いを求めあっているうちに、しぜんに、服は乱れ、落ちていく。章吾は鞠乃のツーピースのボタンを外し、鞠乃も、章吾のシャツのボタンをちまちました指で外していった。

ツーピースの下には、ピンクのチェックにフリルのついた、ジュニア向けのようなデザインの下着。鞠乃の控えめな乳房にはちょうどいいサイズなのだろう。そういえば、鞠乃がちゃんと下着をつけているのを見たのは、初めての気がする。

「……あの」

章吾が下着を見ているので、鞠乃は、困ったように目を伏せた。

「変ですか？」

「いいえ。ただ、鞠乃がかわいらしいから」

「あっ」

ていねいに両側に指をかけ、章吾は、フリルのブラジャーの紐《ひも》を肩から抜いた。ホックをはずすと下着は滑るように鞠乃の体から落ちて、下着のカップよりもほぼひとまわり小さな乳房があらわれる。乳房、というより浮いた乳首に周囲が引っ張り上げられたような形の未熟な胸だ。もともとここまでの膨らみなのか、このあともう少し膨らむのかは、わからない。だが、何度もこうしてかわいがってやれば、少しずつは、大きくなるだろう。

章吾は乳首をさらに引っ張るようにしながら、全体を、中央に寄せて形づくるようにして乳房を揉《も》んだ。

「んッ……せ……」

鞠乃はときおり眉《まゆ》を寄せる。乳房はまだ奥に芯《しん》があるような感触だ。もしかすると、触れると痛むのかもしれない。だが、乳首のほうは敏感なのは、何度か抱いてよく知っていた。章吾は鞠乃を抱いて床に寝かせる。畳の床で、服がシーツの代わりになるから、とくに辛《つら》くはないだろう。まず、濡れたかわいい鞠乃の唇にもう一度キスして、それから、首筋、鎖骨へと章吾は唇を這《は》わせていく。

「あ、んッ……あ……」

そこに少女がいることを、みずからの唇で確かめるように、そして、少女のすべては自分のものであることを、唇で刻みつけるように、章吾は、キスで鞠乃の白い肌に赤い印をつけていった。

乳首の横にも、ひとつ印を。同じ勢いで、乳首にも吸いつく。

「んぁ！　あ……ぅ……せ……んせ……はあっ……」

鞠乃の吐く息が甘くなった。手の中で、乳房も徐々に熱くなる。いっぽうで、章吾の肩や背中を抱こうとする、鞠乃の手に力がなくなってきた。

「どうしました。気持ちよくて、体がもういうことをききませんか？」

「……わ……」

どう答えていいかもわからないらしい。鞠乃は、ただ、大きな目に涙をためて首を振った。

「いいんですよ。鞠乃はじっとしていても。私が、鞠乃のぶんまでしてあげますから」

「ん、あ……あん……」

章吾は鞠乃の上半身から下半身へと唇をずらした。体中、唇が届くところすべてに、キスをして鞠乃を愛したかった。ツーピースはもう、ほとんど脱げてしまっていて、ブラジャーとお揃《そろ》いのピンクのチェックのショーツが見えている。その上から、章吾はそっと鞠乃のあそこに触れた。鞠乃はきつく目を閉じて、ぴくんと体を震わせる。

「ここですか？　鞠乃の、いじられると気持ちよくなるところは」

ショーツをそこに食い込ませ、割れ目を形づくるようにしながら、章吾は、奥に隠れたクリトリスを捜した。

「ンウッ……！」

いじられると、鞠乃がひときわ鋭く反応するところがあるので、すぐわかった。章吾は続けてそこを押してやり、お尻のほうから、鞠乃の下着をゆっくり脱がせる。最後まで、割れ目に布地を押し込んで、そこを拭《ふ》きとるようにしながらショーツをおろした。クチャンと名残惜《なごり》しそうな音をたて、とうとう鞠乃は全裸になった。

あらわになったところに章吾は唇を寄せようとした。すると、鞠乃がおぼつかない手つきで、章吾の動きをさえぎろうとする。

「嫌ですか？」

「……いや、じゃない……でも、鞠乃ばかりが、気持ちよく、してもらうのは、ちょっと、嫌です……先生も、いっしょに、気持ちよくないと……」

起きあがり、鞠乃は章吾のベルトに手をかけた。

「鞠乃は、先生が好きだから、先生に、してあげたいんです」

章吾のものを引き出すと、小さな手で、それの根もとをしっかりと握り、先端へ顔を近づけていく。

「ま、鞠乃」

鞠乃はミルクを舐《な》める仔猫のように舌を鳴らして、章吾の先端をピチャピチャ舐める。

「お兄ちゃんが、教えてくれたことですよね」

ああ。その響きで、章吾のものはまた一段と太さと固さと熱さを増した。それを鞠乃は口に含んだ。つたないが、いつも一生懸命な鞠乃の奉仕。章吾は体の力を抜いた。鞠乃の唇に育てられ、先端が、どんどん大きく膨らんで、射精したい気分が高まってくる。

「ん、鞠乃……」

とくに激しいやりとりもなく、調教プレイもしていないのに、それが鞠乃だというだけで、章吾は、あやうく達してしまいそうになった。

「鞠乃も、気持ちよくなりましょう」

ひとりで先にいきたくないのは、章吾も鞠乃と同じだった。股間に顔を埋める鞠乃の両肩を抱き、もう一度、寝かせて膝を開かせる。そこはもう、すっかり章吾を受け入れる準備ができていた。まだ少女と呼ぶのがふさわしいような小さな鞠乃のあそこは、透明な蜜《みつ》を溢《あふ》れさせ、薄い肉の花びらを開いていた。

「いいですか」

「……はい……ッ……あ……ああッ……！」

少しずつ、入り口を先端が通る感触から、内部のあたたかい肉の絡み具合、経験が少ないゆえの抵抗感などをじっくりと味わい、章吾はそれを進めていく。私はいま、鞠乃の中にいる。ひとつになる。ああ、ずっとこのまま離れずにいたい。

「先生……お兄ちゃん……あ……ああ、あん、あ、あっ……」

突かれるたびに、鞠乃は「先生」と「お兄ちゃん」を繰り返した。

章吾はぐっと動きを速めた。

「ああ……あ……」

大きな目から、いくつもいくつも涙の雫《しずく》が浮いては流れ、鞠乃の頬《ほお》を伝って落ちた。それは、ただの快楽の涙でも、もちろん苦痛の涙でもない。

いっしょにいたい、ずっとひとつになりたいという願いがかなう喜びの……いや、かなったことを確かめ合う喜びの涙に違いなかった。なぜなら、章吾も同じ喜びで全身が震えて、いまにも、はじけて散りそうだからだ。

「鞠乃、鞠乃」

「あ、すき……すき、すき……せんせ……いい……」

もう、いいですか、いっても。鞠乃。

はい。きて、ください先生――。

ほとんど息だけのやりとりのあと、章吾は、とうとう鞠乃の中で、すべてを出して終わってしまった。同時に、鞠乃も全身を大きく震わせて、章吾を締めつけ、達していた。

「あ……」

章吾のものが注がれるのを感じたのだろう。鞠乃は少し腰を揺すって、もっと、奥に出してとねだるように動いた。

「大好きだから……先生のすべてを、鞠乃にください……」

そして――。

「来たわよ。こんばんは」

「彩音ママ！　いらっしゃい！　お待ちしてました！」

「……こ、こんばんは……」

「環さんもごいっしょだったんですね？」

「……ええ……」

だが環は、不安そうに彩音の後ろに隠れようとする。彩音のほうはそんな環をさっさと無視して、ずかずかと中へ上がり込んだ。

「さあ。私をわざわざ呼び出した以上、それなりのものは出るんでしょうね？」

キッチンの章吾に向かってさっそく脅しをかけてくる。

「それなりかどうかは……とりあえず、彩音さんの好物は用意しましたよ。たしか、タマゴサンドでしたよね？」

「好物……そうね、まあ」

「もちろん、ほかにもいろいろありますよ！　先生は、とってもお料理が上手なんです」

彩音の靴を揃えながら、鞠乃は懸命にアピールする。

「ご飯だけは、鞠乃さんのほうがうまいので、鞠乃さんに炊いてもらいました」

章吾も鞠乃をほめかえした。のろけてんの、と彩音は肩をすくめて皮肉に笑う。

「あ、あのう……」

環だけが、相変わらずみんなの輪に入れずに、玄関で立ちすくんでいた。

理由は、章吾も、たぶん彩音も鞠乃もわかっている。たくさんのお客に興奮して、ばたばたと走り回る猫たちだ。だが、彼ら彼女らも大事な呉石荘のメンバーだ。今日という日に、外すことはできない。

鞠乃が、優しく環に笑いかけた。

「平気ですよ。みんなも、環さんのことが大好きなんです。だから、怖がらないであげてください」

「……」

にいにいにいと鳴くとらの3匹の子どもたちがやってきて、環の足にじゃれてきた。

「わあ……ちっちゃあい……」

固まっていた表情をほころばせ、環はしゃがんで仔猫に触れた。

「ひまわりと、あさがおと、なつめです。夏に産まれた子どもたちだからって、先生が、夏の花の名前をつけてくれました」

「命名式は、今日だったんですが」

会話が聞こえて、章吾はキッチンから付け加えた。

「そう……先生が……」

環は仔猫を抱き上げた。あれほど猫を嫌っていたのに、鞠乃のことばと仔猫の無邪気さが、環を変えてしまったのだろうか？　あるいは――なんであれ、それはいいことだ。

「それじゃあ、メインディッシュもできましたから、始めましょうか」


呉石荘の、最後の夜。

全員揃って、ささやかなパーティ。

彩音はワイン、章吾はビール、環は甘いお酒で鞠乃は飲めないのでオレンジジュース。

猫たちには、それぞれミルクの皿が前に置かれた。

代表で、章吾がグラスを持ち上げる。

「では、それぞれの終わりと、新しい始まりに――」

乾杯！

エピローグ　そしてひとつの始まり

そして、1年。


春の風に桜が散る中で、吉野が静かにほほえんでいた。

「来てくれたんだね。お兄ちゃん」

「私は、いつだってあなたのそばにいましたよ」

うそ、と吉野は笑って首を振る。

「本当です。私は、ずっと吉野が好きでした。妹としてだけでなく、ひとりの少女、恋人として……」

「ありがとう。私もだよ」

白い桜の中心のように、淡く、わずかに吉野の白い頬《ほお》が色づいた。

「でも」

散る桜を見上げて吉野が言う。

「桜の季節は、短いもの。いま、こうしてお兄ちゃんと話をしている私は、もう、お兄ちゃんの思い出の中だけに生きている存在。いま、お兄ちゃんの心に咲いている花は……」

むせるような桜の景色がさっと開けて、あたりは、青い空の下、どこまでも続くひまわりの畑に変わっていた。太陽に向かって一生懸命伸びようとする、元気なひまわりたちの中、小柄な少女が章吾に笑顔を見せて手を振っている。

――でも、それで私は満足だよ。私は、お兄ちゃんの妹だから。こうして、お兄ちゃんに忘れないでいてもらえるだけでも、嬉《うれ》しいの……。

いつの間にか吉野の姿も桜とともに消え、声だけが、章吾の胸に響いた。

「吉野……」

ありがとう。私も、あなたの兄でよかった。あなたにしてやれなかったぶんも、これからは――。


久々に、吉野の夢を見た。

けれど、昔のように夢が章吾を苦しめることはもうなかった。夢の吉野は穏やかだった。

そのことを鞠乃に話してみると、

「きっと、先生が幸せなら、吉野さんも幸せだっていうメッセージじゃないでしょうか」

「どうでしょうね。もしも目の前に吉野がいたら、けっこうわがままなところもありましたから、お兄ちゃんばっかり幸せでずるい、とやきもちをやくかもしれませんよ」

「いいえ！　いまの先生を誰《だれ》よりも喜んでくれてるのは、きっと吉野さんです」

「……ありがとう」

夏の夜。

浴衣の鞠乃とふたり縁台に座って蛍を見ながら、章吾はこの1年の日々を思い返した。

あれから。

呉石荘を最後まで見届け、建物の跡地まで確かめてから、章吾は鞠乃と長野へ向かった。

一度は追い返されてきたとはいえ、鞠乃はやはり老夫妻のことを気にしていたし、章吾の仕事はやろうと思えばどこでもできる。鞠乃自身も、狭いアパートの都会暮らしより、自然の中にいるほうが、楽しく暮らせるだろうと思った。

「そうか、お兄さんと松本へ行くのか。うんうん、それが八方丸くおさまって一番だな」

最後まで章吾を鞠乃の兄と誤解したまま、蕎麦《そば》屋のおやじも喜んでくれた。

そして、章吾は老夫妻と会い、老夫妻が心から鞠乃を愛しそばにいることを望んでいることがわかった。

老人は章吾に対してはむっつりと言葉少なだったが、あれは娘をとられた父親のやきもちといっしょですからね、と、穏やかな老夫人が章吾にそっと教えてくれた。

それから、鞠乃は老夫妻のもとで暮らし、章吾はすぐ近くにアパートを借りて、お互いに行き来する生活が始まった。そばにいながら鞠乃が老人とともに住まないわけにはいかず、章吾は章吾でひとりでしなければならないこともあったので、あえて最初からふたりで暮らすことは選ばなかった。

生活の変化に一番とまどっていたのは、いっしょに連れてきた猫たちだったが、そこはもともと野性の生き物。ここがどれだけ走り回っても誰にも叱《しか》られないほど広い場所で、しかも天然の獲物があふれるハンティングに最高の場所であるとわかると、たちまち元気を取り戻した。

老夫妻は自宅を改装して民宿を開業する準備を始め、鞠乃はその手伝いをする傍《かたわ》ら、章吾の身の回りの世話をするので忙しそうだ。

「大丈夫ですよ、ひととおりのことは自分でできますから」

と章吾が言っても、

「だめです！　先生のお世話は、鞠乃の一番大事なお仕事です！」

鞠乃は管理人だったころと同じように仕事用のメイド服を着て、毎日のように食事や掃除をしに部屋へ来た。章吾もそんな鞠乃の気持ちに応《こた》えるべく、ときには老夫妻の家庭菜園の手伝いもしながら、いっぽうでこつこつと新作にはげんだ。

これまでのジャンルの仕事は減らし、ペンネームを変え、自分の一番書きたいものを、地元のミニコミ誌に投稿などして少しずつ発表していった。

連作としてまとまったものを一度彩音に送って見せると、

「どうしてこういうことを黙ってするわけ？　すぐに担当をそっちへやるから、書き下ろしで2、3本準備しておいて」

と言われ、あれよあれよという間に本として出版することが決まってしまった。

そして、呉石荘から持ってきて蒔《ま》いたひまわりの種が、新しい場所で芽を出し、花を咲かせるころ。

章吾の童話集が書店に並んだ。

それは、あの日章吾がひらめいた、猫と話ができるちょっと不思議な少女を主人公にした童話だった。

ときに悩み、失敗しながらも、持ち前の明るさで周囲を幸福にしていく少女の物語は、多くの人に愛され、共感を呼んだ。

「おじいさんもおばあさんも、先生のお話を読んで感動していましたよ」

できあがった本を手にして、鞠乃が言った。

「おばあさんはともかく……おじいさんもですか？」

「はい！　おじいさんて、怒ってないときでも怖い顔をするんですよ。何かをがまんしてるときにも。先生のお話を読んだあとのおじいさんは、怖い顔でも目がウルウルしてました。だから鞠乃、おじいさんがいっぱい感動していることが、すぐわかったんです」

「それは……嬉しいことですね」

嬉しいことはもうひとつあった。彩音が章吾の童話担当としてよこした編集者だ。

「このたび、長期休暇から復帰しまして、先生の童話を担当することになりました桃瀬環です。若輩者ではありますが、先生のお力になれるように精一杯がんばりますので、どうかよろしくご指導ください」

編集長代理、という肩書きの入った名刺を、照れながら章吾に差し出す環は、確実にまた美しくなり、少し大人っぽくなっていた。彼女なりに、いろいろと考え、成長したに違いなかった。

「先生の童話を担当することは、長いこと私の夢でした。いまは、本当に充実しています」

章吾はそんな環に応えるために、童話集の始まりに一文を入れた。

――この本を書く力を私に与えてくれた、桜と、桃と、ひまわりに、心からのありがとうを捧げます。

「いいんですか？　桃が混じってしまっても」

「もちろんです」

本を開いて涙ぐむ環に、章吾は優しく笑いかけた。すると、その顔で思い出したように、環が章吾に耳打ちした。

「……でも、先生の官能小説が読めないのは少し残念ですわ」

章吾はただ、もう一度笑い返すだけ。


「そろそろ、お家に入りましょうか」

スイカも食べましたし、と鞠乃が立ち上がる。

「そうですね」

章吾は鞠乃の肩をそっと抱く。本の出版によってふたりは認められ、ようやく、この場所でいっしょに暮らし始めたのだった。

歩き出そうとして鞠乃が立ち止まる。浴衣の袖《そで》に蛍がとまって光っていた。寄り添ったまま動かずに、ふたりはじっと蛍を見つめた。


とはいえ、もちろん。

官能作家としての章吾は、完全にいなくなったわけではない。

「あ……だめ、いやです先生、こんなところで……あんッ」

「本当にいやがってるんですか？　ほら、もうここはこんなになってる」

「いや……だって……先生が……」

「そうですよ。私は、鞠乃のことならなんでも知ってます。いやがりながら、こうして、外で恥ずかしいところをいじられるのが好きなこともね」

庭先で、洗濯物を干そうとしている鞠乃を後ろから抱いて、章吾はメイド服の裾《すそ》から手を入れた。下には、鞠乃は何も身につけていない。昨夜、章吾よりも先にイッてしまったお仕置きで、今日はずっと、この格好で仕事をしていたのだ。

「ノーパンは興奮しましたか?」

「……いいえ、そんな……ん、あっ」

「でも、ここはすごく固いです」

章吾は鞠乃のクリトリスをすぐ探りあて、慣れた手つきで丸めてやる。鞠乃の全身がふるふる震えた。章吾は鞠乃のスカートをめくった。白くきゃしゃな下半身が丸出しになる。

「どうしましょうね。こんなところを、おじいさんや、おばあさんに見られたら」

「ああ……やあっ……!」

鞠乃の膝《ひざ》を抱えて左右に大きく広げさせ、子どものオシッコポーズをさせた。いやいやと首を振りながら、しかし、鞠乃は心から嫌がっている様子はない。章吾に何度も抱かれるうちに、少しずつ、鞠乃もこうした快感を覚えてきたに違いない。

「さあ鞠乃。このままオナニーしてください」

「え……」

「だって、私は鞠乃の脚を持っていて手が塞《ふさ》がって、いじってあげられないんです。もっと気持ちよくなりたければ、鞠乃がオナニーするしかないんですよ」

「……う……」

「私も、鞠乃が外でいやらしくオナニーするところが見たいんです」

「先生、も……？」

「ええ。いやらしい鞠乃を見るのは、大好きです」

章吾がいえば、鞠乃はなんでもすることはもうわかっていた。

クスンと鞠乃はしゃくりあげながら、小さな手で、そっと、自分のあそこの割れ目を開く。片方の手で広げながら、もう片方の手でクリトリスに触れた。

「んっ」

唇を噛《か》んで鞠乃は声をがまんしながら、少しずつ、指の動きを速くしていく。

「いいですよ……そのまま、イクまで続けなさい」

外での露出オナニーを教えたら、今度はバイブを入れて散歩をしよう。

「ん、あ……ああっ……」

気持ちよさに理性が負けてきたのだろう。鞠乃は唇を噛むこともできずに、ただ、甘い息を吐いてあそこをいじるのに夢中のようだ。

章吾は淫《みだ》らな鞠乃に満足した。

「んあああっ！……」

ヒクヒクと、腰を揺らしながら鞠乃は達しているらしい。

童話作家として、あるいはあなたの誠実な未来の夫として、私は、みんなに認めてもらうように努力します。

官能作家としての私——愛する人を拘束し、調教し、淫らに堕《お》としていくことを至上の喜びとする私の姿は、鞠乃にだけ、見せていくことにしますからね。

章吾は鞠乃の小さなかわいい耳にそっとキスした。

END

あとがき

こんにちは。「ナチュラル」をノベライズさせていただくのも、とうとうこれで5冊めになります。今回は、番外編であり総括編でもある？「ナチュラル0」。第一作からプレイしていると「0」には、サイドストーリーのほかにも「身も心も」や「DUO」を思い出させるところがいくつもあって、懐かしく嬉しかったです。彩音さんという最強キャラクターはもちろん、カレーやホットケーキ、焼きうどんにお蕎麦……。主人公の職業が、画家→音楽家→作家、とつねに創造的なのも共通していますよね（個人的には、今回の主人公さんが一番好きかな？ ひっそり優しく、なんといってもお料理上手！）。

そして「ナチュラル」の背景には欠かせない桜。けれど「0」では桜の季節はすでに過去としてあらわされ、画面を彩るのは鮮やかな夏の花になっています。そんなところにも「始まりと終わり」を感じながら、原作のゲームをしみじみプレイし、監督のひろもりさかな様が私におっしゃっていた「0」のノスタルジックな夏の空気や、いきいきとした生活感が、ノベライズでも伝えられることを願いながら書かせていただきました。ちょうど（というか私の書くのが遅いせいですみません）これから季節も夏。この本を手にしてくださった貴方にも、素敵な夏が訪れますように。

清水マリコ

Natural Zero＋～はじまりと終わりの場所で～

2001年7月10日 初版第1刷発行

著　者　清水 マリコ
原　作　フェアリーテール
イラスト　かつまれい

発行人　久保田 裕
発行所　株式会社パラダイム
〒166-0011 東京都杉並区梅里2-40-19
ワールドビル202
TEL03-5306-6921 FAX03-5306-6923

装　丁　林 雅之
制　作　有限会社オフィスジーン
印　刷　ダイヤモンド・グラフィック社

乱丁・落丁はお取り替えいたします。
定価はカバーに表示してあります。

既刊ラインナップ

定価 各860円+税

1 悪夢～青い果実の散花～ 原作:スタジオメビウス
2 脅迫 原作:アイル
3 痕～きずあと～ 原作:リーフ
4 慾～むさぼり～ 原作:May-Be SOFT TRUSE
5 黒の断章 原作:Abogado Powers
6 淫従の堕天使 原作:DISCOVERY
7 Esの方程式 原作:Abogado Powers
8 歪み 原作:May-Be SOFT TRUSE
9 悪夢 第二章 原作:スタジオメビウス
10 瑠璃色の雪 原作:アイル
11 官能教習 原作:テトラテック
12 復讐 原作:クラウド
13 淫Days 原作:ルナーソフト
14 お兄ちゃんへ 原作:ギルティ
15 緊縛の館 原作:XYZ
16 密猟区 原作:ZERO
17 淫内感染 原作:ジックス
18 月光獣 原作:ブルーゲイル
19 告白 原作:ギルティ
20 Xchange 原作:クラウド
21 虜2 原作:ディーオー
22 飼 原作:13cm
23 迷子の気持ち 原作:フォスター
24 ナチュラル～身も心も～ 原作:フェアリーテール
25 放課後はフィアンセ 原作:スィートバジル
26 骸～メスを狙う顎～ 原作:SAGA PLANETS
27 朧月都市 原作:GODDESSレーベル
28 Shift! 原作:Trush
29 いまじねぃしょんLOVE 原作:U・Me SOFT
30 ナチュラル～アナザーストーリー～ 原作:フェアリーテール
31 キミにSteady 原作:ディーオー
32 ディヴァイデッド 原作:シーズウェア
33 紅い瞳のセラフ 原作:Bishop
34 MIND 原作:まんぼうSOFT
35 錬金術の娘 原作:BLACK PACKAGE
36 凌辱～好きですか?～ 原作:アイル
37 My dearアレながおじさん 原作:ブルーゲイル
38 狂＊師～ねらわれた制服～ 原作:クラウド
39 UP! 原作:メイビーソフト
40 魔薬 原作:FLADY
41 臨界点 原作:スィートバジル
42 絶望～青い果実の散花～ 原作:スタジオメビウス
43 美しき獲物たちの学園 明日菜編 原作:ミンク
44 淫内感染～真夜中のナースコール～ 原作:ジックス
45 My Girl 原作:Jam
46 面会謝絶 原作:シリウス
47 偽善 原作:ダブルクロス
48 美しき獲物たちの学園 由利香編 原作:ミンク
49 せ・ん・せ・い 原作:ディーオー
50 sonnet～心かさねて～ 原作:ブルーゲイル
51 リトルMyメイド 原作:スィートバジル
52 flowers～ココロノハナ～ 原作:CRAFTWORK side・b
53 サナトリウム 原作:ジックス
54 はるあきふゆにないじかん 原作:トラヴュランス
55 プレシャスLOVE 原作:BLACK PACKAGE
56 ときめきCheck in! 原作:クラウド
57 散櫻～禁断の血族～ 原作:シーズウェア
58 Kanon～雪の少女～ 原作:Key
59 セデュース～誘惑～ 原作:アクトレス
60 RISE 原作:RISE
61 虚像庭園～少女の散る場所～ 原作:BLACK PACKAGE TRY
62 終末の過ごし方 原作:Abogado Powers
63 略奪～緊縛の館 完結編～ 原作:XYZ

64 Touch me～恋のおくすり～ 原作：ミンク
65 淫内感染2 原作：ジックス
66 加奈～いもうと～ 原作：ディーオー
67 PILE・DRIVER 原作：ブルーゲイル
68 Lipstick Adv.EX 原作：フェアリーテール
69 Fresh! 原作：BELL-DA
70 脅迫～終わらない明日～ 原作：アイル【チーム・Riva】
71 うつせみ 原作：BLACK PACKAGE
72 Xchange2 原作：クラウド
73 MEM～汚された純潔～ 原作：アイル【チーム・ラヴリス】
74 Fu・shi・da・ra 原作：ミンク
75 絶望～第二章～ 原作：スタジオメビウス
76 Kanon～笑顔の向こう側に～ 原作：Key
77 ツグナヒ 原作：ブルーゲイル
78 ねがい 原作：RAM
79 アルバムの中の微笑み 原作：curecube
80 ハーレムレーサー 原作：Jam
81 絶望～第三章～ 原作：スタジオメビウス
82 淫内感染2～鳴り止まぬナースコール～ 原作：ジックス
83 螺旋回廊 原作：ruf
84 Kanon～少女の檻～ 原作：Key

85 夜勤病棟 原作：ミンク
86 使用済～CONDOM～ 原作：ギルティ
87 真・瑠璃色の雪～ふりむけば隣に～ 原作：アイル【チーム・Riva】
88 Treating 2U 原作：ブルーゲイル
89 尽くしてあげちゃう 原作：トラヴュランス
90 Kanon～the fox and the grapes～ 原作：Key
91 もう好きにしてください 原作：システムロゼ
92 同心～三姉妹のエチュード～ 原作：クラウド
93 あめいろの季節 原作：ジックス
94 Kanon～日溜まりの街～ 原作：Key
95 贖罪の教室 原作：ruf
96 ナチュラル2 DUO 兄さまのそばに 原作：フェアリーテール
97 帝都のユリ 原作：スィートバジル
98 Aries 原作：サーカス
99 LoveMate～恋のリハーサル～ 原作：ミンク
100 恋ごころ 原作：RAM
101 プリンセスメモリー 原作：カクテル・ソフト
102 ぺろぺろCandy2 Lovely Angels 原作：ミンク
103 夜勤病棟～堕天使たちの集中治療～ 原作：ミンク
104 尽くしてあげちゃう2 原作：トラヴュランス
105 悪戯III 原作：インターハート

106 使用中～W.C.～ 原作：ギルティ
108 ナチュラル2 DUO お兄ちゃんとの絆 原作：フェアリーテール
109 特別授業 原作：BISHOP
110 Bible Black 原作：アクティブ
111 星空ぷらねっと 原作：ディーオー
112 銀色 原作：ねこねこソフト
113 奴隷市場 原作：ruf
114 淫内感染～午前3時の手術室～ 原作：ジックス
115 懲らしめ 狂育的指導 原作：ブルーゲイル
116 傀儡の教室 原作：ruf
119 姉妹妻 原作：13cm
120 ナチュラルZero+ 原作：フェアリーテール
121 看護しちゃうぞ 原作：トラヴュランス

好評発売中！

〈パラダイムノベルス新刊予定〉

☆話題の作品がぞくぞく登場！

123.椿色のプリジオーネ

ミンク　原作
前薗はるか　著

西園寺顕嗣は父親の急死により、世界的大企業を継ぐことになった。5年ぶりに戻ってきた屋敷では、4人のメイドが出迎えてくれる。だが、閉ざされた屋敷内で殺人事件が起こる！

117.Infantaria《インファンタリア》

サーカス　原作
村上早紀　著

イヴェール国のソフィア姫は、ゆくゆくは一国を担う立場。だが世間知らずなことを心配した姫は、王様に相談し、街に修行に出ることになった。身分を隠して、幼稚園に保母として赴任することになるが…。

118. 夜勤病棟
～特別盤 裏カルテ閲覧～

ミンク　原作
高橋恒星　著

聖ユリアンナ病院で看護婦たちに女体実験を繰り返す比良坂竜二。快楽の虜となった恋たちは、今夜も竜二の元に集うのだった。大ヒット作品「夜勤病棟」シリーズの最新作が登場！

130. 恋愛CHU！
～彼女の秘密はオトコノコ？～

SAGA PLANETS　原作
TAMAMI　著

慎吾がメールで知り合ったのは、NANAという女の子。NANAこと七瀬は慎吾に会いたいあまり、男女交際が禁止されている全寮制の学校へ、双子の弟になりすまして転校してきた！